云山万重，寸心千里

这依然是一本藏地笔记。

在我为数不多的随笔集里，这是最为特殊的一本。在书中，我写了我所看见的阿里，也写了阿里边境线上的每一位县委书记。这是我第一次以走访的形式书写这个特殊的地方，以及这个特殊地方的特殊群体。

有人问我，为什么会写这本书？理由太多，随便给出一个即可。

但静下来，我会忽然想不起来，我写这本书的真正缘起是什么，到底是什么因缘让我有了这个决定。

我想我还是有必要在此回顾一下，省得我以后再一遍遍地去做解释。有时候会觉得很奇妙，你一路走着，偏巧

就会遇到一些人或事，而那些人或事来了又走了，仿佛从未存在过；而有些人或事，却会伴随你很久，甚至一生。

行走西藏17年，到过阿里很多次，几乎都是独来独往。不是我喜欢独行，而是，现代人太娇贵，很难找到同行者。我也不愿意带别人，太累，毕竟旅途艰辛，尤其去西藏。

但在2019年4月下旬，由于种种原因，我毅然决定带某位朋友前往西藏，以己之力，为她圆一个难以抵达的西藏梦。3月底我在西藏，4月初才回到杭州，4月下旬又去，家里人都以为我疯了。

可是，我并没有告诉他们，我带去的那位朋友，她得了癌症，晚期……要是让他们知道，更会觉得是我有病，脑子有病，简直是不要命了。

但我们还是去了。

有些人生个小病喜欢到处嚷嚷，唯恐不被关心；而有些人，却在大病面前选择独自承受，对外人极尽隐瞒，以此保持尊严和安静。她属于后者。

因此，西藏之旅，我向拉萨的朋友借了车，亲自当司机，亲自选路线，亲自当导游，亲自张罗吃喝拉撒住。前后共9天，我每天小心翼翼，每天提心吊胆，表面上每天都陪她玩得兴高采烈……而她，并不自知。她以为我并不知道她的病情，而以为我只是为了某种目的想讨好她罢了。

不过谢天谢地，她在西藏的状态总体不错，在每一个行程结束的晚上，把她安全送回房间，我都会松一口气。

那天，我带她去见丁增南江仁波切，他是在冈仁波齐神山上修行了几十年的一位智者，正好也在拉萨。

我们在仁波切家吃了饭，然后，一起去布达拉宫转经。她整天都很开心，很放松，可能她和仁波切交流的时候，获得了一些心理上的慰藉，或者某种启示。

她说，有生之年，一定要去一趟冈仁波齐，去转山，去见一见修行中的仁波切。我见她双眼潮湿，想哭，却又忍了回去。我心里一酸，想着一定要想办法帮她了了这个心愿。

我给阿里的朋友打去电话，他们说，现在的阿里寒风呼啸，冰天雪地，这个时候带朋友来，你是不要命了吗？冈仁波齐神山更是不可能上得去，还是等七八月份再过来吧。

那晚，我们在布达拉宫的转经道上，当仁波切问我能不能写一本神山的书，并邀请我们7月份去冈仁波齐住一星期，我头脑一热，立即便答应下来，并约定7月份再去。我对那位朋友说，我一定会带你上山，会好好照顾你。如果你不高反，就带你去转山；如果身体不适应，我们就在寺庙里住几天，也算完成你抵达神山的一桩心愿。

就这样，我们之间，有了一个7月之约。

因为，8月初她就要回英国。她在英国旅居20年，那儿相当于她的第二个故乡。

7月到了。

她失约了。

她去了英国。

我们没有再联系。

她极不愿意别人知道她的病情。我尊重她的固执。我选择了不以任何方式去打搅她，包括问候。

但我不能失信。

7月，我如约而至。又一次到了冈仁波齐神山，又一次见到了仁波切，又一次见到了几个在西藏的朋友。

这一次，朋友们都说，你写了那么多西藏的书，为什么不写写奋斗在阿里边境的那些干部呢？他们是多么特殊的一个群体。

无论是机缘巧合也好，还是冥冥中的安排也罢，我欣然接受朋友们的这个提议。

我一直都相信，所有的安排都是最好的安排。

西藏被称为“世界屋脊”，而阿里却在“世界屋脊”的“屋脊”。置身于特殊地理环境的那些干部，对于很多想要到达阿里却又总是望而却步的人们来说，确实是神秘而遥远的。

阿里的风景，每个人都可以通过驴友发布在网上的图

片获知一二，牧民们的生活细节也可以在很多书籍中找到踪迹，而那些生活在“世界屋脊”的干部，却极少有人能探知到他们的究竟。他们都是汉族人。他们不是援藏干部。援藏干部只要满三年，即可回内地。他们是驻藏干部，是把自己的一生都要交给西藏的一群人。

他们的事迹之前我已听说过很多。除了感动，更多的是感恩。

可以这么说，今天的我们能够拥有岁月静好、美满安心的日子，都跟他们的负重前行有关。

我这么说，肯定会有人嗤之以鼻。他们大概会想，我们中国已经这么强大了，跟阿里边境线上那几个干部又有何干系？有他们没他们都是无足轻重的。当然，对这些不屑一顾的人来说，整个阿里乃至西藏也许都是无足轻重的。他们有些人甚至认为，阿里不过是一片穷山恶水，国家毫无必要拨款援助。

他们永远不懂，西藏这个巨大的能量场，它拥有着神奇的力量。

最可怕的正是人的轻慢与无知。就像这次瘟疫，或许只是因为某些人去吃了一只蝙蝠，就引发了全世界的恐慌，让那么多人无辜死去。

我从小就怕蝙蝠，觉得它阴森森，充满邪恶的力量，

是多看一眼都会让我恐惧的东西。直至我到达西藏，才重新认识了蝙蝠。在最早的苯教里，蝙蝠已经被视为神灵的化身，它有人的身体、老鼠的头部、兔子的耳朵、鸟的翅膀……它的上唇一分为二，身体布满褶皱，黑乎乎一团，在我看来，完全一个死神的化身……那些人是怎么敢吃得下去的？

但，就是有人吃了。

灾难随之而来。雪崩的时候没有一片雪花是无辜的。

我不懂政治，更无意于谈论政治，我只想说说西藏在我们中国的重要性。

以阿里为例。只有当我们意识到阿里的重要性，才会知道授命在阿里边境工作的那些干部们的重要性，这也正是我为什么要去书写这块土地和这块土地上这个群体的原因。

据说，亿万年前的阿里，是一片汪洋大海，由于地壳运动，沧海变成陆地，再经过不断隆升，终成今日的高原绝地。

昆仑山脉、喀喇昆仑山脉、冈底斯山脉、喜马拉雅山脉，四条巨大的山脉都在阿里汇集。

——这些山脉，是构成阿里的重要元素之一。

阿里边境线上这些连绵不绝的高山，不说别的，单从

军事战略上来说，无疑是最好的天然屏障。

坐落在阿里的群山，几乎常年被冰雪覆盖，再加上有地表降水、地下水补给等诸多因素，使阿里拥有太多直接可以饮用的水源。占据着阿里将近四分之三面积的内流水系，使这个地区成为中国湖泊分布最密集的区域之一。其中，在普兰县的玛旁雍措面积400多平方千米。唐代玄奘在《天竺取经记》中称此湖是西天王母瑶池的所在地。湖面海拔4600米左右，是世界上海拔最高的淡水湖。而位于冈底斯山群峰之中的扎日南木措，面积1000多平方千米，为阿里第一大湖，西藏第三大湖。

与这些内流水系相比，外流水系更具洪荒之力，它们撕开地表，夺路向前，再汇聚成更大的河流，最终流入海洋。在冈仁波齐周围地区发源的四大河流，全都属于外流水系，分别为狮泉河、象泉河、孔雀河、马泉河。

狮泉河在流至克什米尔之后改称印度河，它在阿里的源头海拔5164米，流至噶尔县的狮泉河镇海拔为4200米，而流到印度河那边海拔降至1000米左右，高低落差4000多米。可以任意发挥一下想象力，如果哪天从上游切断水源，下游将会是什么结果？

而孔雀河的切割能力更加强大，它经由普兰县进入尼泊尔境内再汇入恒河出海，源头位于阿里地区的喜马拉雅

山脉海拔5400米处，至普兰县普兰镇河谷海拔降到3900米，到尼泊尔那边海拔也就1000多米。

最强大的是象泉河，它为印度河最大支流萨特累季河的上游，其源头也在阿里的冈仁波齐山脚下，海拔5300米，至札达县什布奇附近河谷海拔只有2800米，然后再流向印度的最大支流萨特累季河。

还有日土县的班公湖，其形状狭长，如一只天鹅的长脖子，横跨在中国边境与克什米尔地区之间，奇怪的是它在阿里境内是清澈甘甜的淡水湖，而流至印度界之后却变成了不可饮用的咸水湖。

——这些水系的存在，是构成阿里的第二大元素。

除了高山和丰富的水源这两大元素之外，阿里还有一个不可忽视的元素，就是土。

大约在500万年前，阿伊拉日居山脉与喜马拉雅山脉之间的象泉河流域，还是一片灌满了水的谷地，之后两侧山脉加速隆升，阻挡了水汽的进入，大湖区域便形成了干热少雨的雨影区，之后湖泊逐渐干涸，大地裸露——这便是今日的札达盆地。

而象泉河的流水以及当地短促的夏季降雨，不断冲刷这些巨厚的土层，原本平坦的高原湖盆面长期被风沙肆意切割，大自然用它的鬼斧神刀使大地变得千沟万壑、支离

破碎，渐渐形成了一种非常独特又壮观的地貌——现在一望无际的札达土林。

就这样，无数的雪山孕育了发达的水系；而丰富的水系又造就了大小河谷，并形成如今气势恢宏的土林。

在具备了山、水、土这三大元素之后，人类便开始在阿里这块土地上繁衍生息、孕育并创造文明。

据考古学家称，大概在两万年前，人类就已经踏上了阿里这片神奇的土地，他们在这里削制石器，将自己的日常生活场景刻画在岩石上，这便是今日在日土等地都可以看到的独特的岩画。

公元前4世纪，先民们在阿里建立起强大的部落联盟，当时的势力范围几乎涵盖今日西藏的大部分土地。这就是传说中的“象雄王国”。他们以象泉河谷为生活中心，在高原上放牧、狩猎、开垦农田，既荒野，又文明。

还有，在阿里的羌塘盐湖里有取之不尽的食盐，连绵不绝的高山中有挖不完的金、铜、银、铬等矿产。

阿里不仅是一块宝地，它也是我们中国的龙脉，还是军事上最有利的一道天然屏障。

行走西藏十多年，阿里对我们的重要性，我不止一次听西藏的朋友们说起。自古以来，所有的藏民都知道，他们是雪山上的民族，而印度则是雪山下的民族。据说刚建

好阿里昆莎机场，从拉萨飞到阿里 1 个小时，而飞到印度的新德里上空，只需要 17 分钟。从战略意义上来说，阿里就是一只伸出去的拳头，无时无刻不在捍卫和守护着我们。

但是，由于阿里的遥远，一直被好多人视为是一片可有可无的蛮荒之地。有太多的人至今都不知道阿里在哪儿，也不知道它存在的意义和对我们中国的重要性，甚至，还一度认为它是我们中国的一个累赘。

我不是政治学家，也不是考古学家，但我深知西藏对于中国的重要性，也相信藏民族是最古老的民族，这里是最早有人类足迹的地方。我在藏地见过最简单的龙的图腾，也见过变成化石的单细胞生物……在那些事物面前，你会很深刻地感受到一种来自洪荒之外的最原始的气息。

阿里的重要性，在此不再一一赘述。相信懂的人会懂，不懂的人说再多也没用。

那天，从冈仁波齐下山之后，我开始走访阿里边境线上的每一位县委书记。

对于一个向来喜欢把所见所闻写成小说的我来说，完成这本书确实是艰难的。小说可以虚构，可以天马行空，可以随心所欲，你爱怎么写就怎么写。而这一本书，每句话必须是真实的，它必须拒绝虚构。

阿里所辖共 7 个县：噶尔县、普兰县、札达县、日土

县、革吉县、改则县、措勤县，共有37个乡141个自然村。其中革吉县、改则县和措勤县，位于阿里东部，被当地人称为东三县，不在边境线上；而噶尔县、普兰县、札达县和日土县，则位于阿里西部，被称为西四县，这四个县都各自分布在边境线上。

由于时间关系，也因为这次选写的是边境县，因此我没有去“东三县”，只到了“西四县”，并分别采访了这四个边境县的县委书记。他们分别为噶尔县委书记高宝军、普兰县委书记杨辉、札达县委书记马庆林和日土县委书记张黎明。感谢他们对我的支持，更感谢他们对这片土地的辽阔大爱和无私奉献。

我把这几位长年把守在边境线上的县委书记，称之为“圣地边将”。我知道仅仅一篇文章，是根本无法做到深入又完整地去还原一个人的。无论他们的工作，还是生活，我只能点到为止。我只是在尝试着用文字为他们留下一幅速写，让所有读到此书的人，能够在了解阿里这块土地的同时，也知道这个群体在这个时代的存在和付出。

2019年8月，我从阿里回来，便把自己关进书房，原计划在年底前写完初稿，但却在9月份因故搁置。

之前我花了半年时间去沟通的想要租下来开书屋的那栋百年老宅的房东，忽然召我去签了合同。因为他在犹豫

了半年之后，终于在这个9月同意出租。接下来的我，只好暂停写作，全身心投入到书屋开张前的杂务当中。经过一个半月的筹备和一个半月的经营，书屋逐步走上正轨，完全意想不到的顺利。可我心里总觉有事未了，欠下的书稿还没有完成。

直至年底，大家都忙着要回去过春节，书屋暂停营业，我终于又可以关进屋里继续写作。而同时，一场新冠病毒引发的疫情猛然让全国上下几乎所有人都禁足在家。

今天是武汉封城第37天，虽然我在远离武汉千里之外的杭州，也在家隔离了37天，而且还将继续。但这种隔离对我来说并没什么，因为一个作家的大部分生命本也是在自我隔离中度过的。在我的日常生活中，除了出去旅行和偶尔忙于琐事，大部分日子都是以宅家为主。

我每天都在刷微信，看被病毒感染的确诊人数和死亡人数。那些与日俱增的数字令人触目惊心。我每天都在惊愕、悲怆、愤怒中度过；每天都有那么多人被灾难击中；每天都在变化无常……我的情绪时而高涨，时而低落，时而悲怆，处于这种状态，我的心是乱的，我还怎么写作？还怎么静得下心来？外面的世界都成这样了，我开始重新思考我写作的意义和方向。

此刻的武汉，仍在全力以赴与瘟疫和魔鬼抗争。祈祷

灾难早日结束，祈祷我们不再悲怆而侥幸地活着。

今天是2月29日，禁足在家的第37天。书稿终于完成。今天也是我四年才能轮到一回的生日。生日可过可不过。与那么多已经失去或者正在失去生命的人相比，活着已是万幸。

昨夜突然降温，一场凄风冷雨。今天起来，窗前的梅花落了满满一地。到树下走了走，溪水边漂满落花，仿佛是从水里直接冒出来的，细碎而闪亮，惊艳又凄美。

想起宋代一位叫释智鉴的禅师写的诗：

世尊有密语，迦叶不覆藏。
一夜落花雨，满溪流水香。

是为序。

2020年2月29日

于吻梅堂

圣地边将

目录 — contents

高宝军
和他的疆域噶尔

边将高宝军

2019年7月10日，我从普兰赶到噶尔县的狮泉河镇。狮泉河镇是阿里地区的行政公署和噶尔县的政府所在地。当晚，我住进狮泉河边的陕西大厦。

陕西大厦里住满了援藏干部，每隔三年换一批。

阿里文旅集团的董事长接待了我。他的右腿不小心崴了，只能跳着走。他说他刚从政法委跑回来，有位援藏干部今天突发脑梗，高宝军书记也在现场，大家都在想办法抢救。

我在心里默默祈祷那位援藏干部能够渡过难关，一边估摸着这几天是见不到高宝军了。而我来噶尔县的主要目的是为见他，心里不免有些失望。

没想到，当晚高宝军便打来电话，说他已经到了楼下。我下楼去接他，他刚付完出租车钱，一个人走进来。

我很诧异，问为什么没有车送他过来。

他不以为然地说，还是打车方便，他经常自己打车。

一进屋，高宝军便带来一个更坏的消息，说那位援藏干部终究没有抢救过来。阿里的医疗条件和设备都差，病人在被急救车送往拉萨的途中停止呼吸。他叹着气，惋惜地说那位援藏干部今年才四十多岁，一条鲜活的生命，说走就走了，连个告别都没有。

“他是我的同事，我们昨天还在商量工作上的事，今天他就这么走了……”高宝军说着，在椅子上坐下来。看得出来，他的心情很沉重，也很无奈。他满身心的疲惫和落寞迅速传染了我。

满屋子的伤感。

然而，逝者已逝，活着的人总还是要继续生活下去。

我跑到噶尔县是来采访他的。我们见面了。我想和他畅聊，却不知道从何谈起。他刚刚送走他的同事，还没完全从悲痛中走出来。

这种时候，我能对他说什么，说些什么好呢？

瞬间有一种奇异的感觉，他明明坐在我面前，我却满脑子都在想，他应该长啥样？在我们见面之前，他在我心里一直就有一种模棱两可、很不确定的形象。

两年前的冬天，我一个人在阿里四处晃荡。有位认识我的作家朋友也认识他，他认为我独自一人在冬天的阿里晃荡来、晃荡去，是件极不安全的事，应该找个人照顾我。于是，帮我找了高宝军。

那天我正好从穹窿折腾回札达，接到了高宝军的电话。但是那段时间他并不在阿里，而是回陕西老家去了。他在电话里问我需不需要车，需不需要向导，需不需要派人来帮我安排食宿……我都一一谢绝了，我不想给人家添麻烦，再说，他自己身在千里之外，远水救不了近火。

可是，挂完电话没多久，便过来几个人，说是接到高书记委托，过来看看我，问我需不需要什么帮助。那时的我真的被感动了。也就是在那个时候，我才知道高宝军原来是普兰县的县委书记。我的那个作家朋友在电话里好像也并未提及。也许他说过，是我没听进去。我

总是这样。

那时候的我，脑子里浮现出高宝军的形象是果断的、硬朗的、雷厉风行的、大义凛然的……总之，是古代边关总督，或者，是一位随时准备出征镇守边关的将领模样。估计是电影看多了，一句话，他在我脑海里应该就是一名威震四方的帅将。

然后，我才知道他竟然还写了十来本书，包括散文集《藏西笔记》《乡村漫步》《大美陕北》《四季陕北》，还有小说集《野村梦语》，以及考证研究类《吴起古城寨堡初考》《环境规制与资源型产业发展研究》等。

那天替他来看我的几位朋友，就带来他的一本《藏西笔记》。在高原寂静的夜晚，我静静翻阅，另一个高宝军的形象在我脑海里渐渐浮现，和我最初想象的截然

不同。我发现文字里的他，柔软、重情、多愁善感。除了顺手写下的那些大量的随笔和散文，他还偶尔写诗。

他写阿里高原：茫原万里连天黯，风迎暮色边村远。

他写他的家人：遥知家人依门盼，关山望尽肝肠断。

他写他的日常：雪岭不随春醒，冰河久伴冬眠。风携落照隐西山，寂锁黄昏小院。

他写他的所思：人生短似浮梦，宦路艰如登天。莫为得失苦纠缠，把酒今宵自饮。

还有：自在尽花轻似梦，无边丝雨细如愁。

……

能够写出这些诗句来的人，内心该是多么柔软和多情。我很难把文字里的他和一个身处官场仕途中的人联想到一块去。

每当我翻读他的作品的时候，心里就会想，他应该就是个文人。虽然自古以来，文人当官的多了去，比如苏东坡，比如王安石，但高宝军的形象在我心里总是时而分裂，时而又重合。

直至此刻，高宝军就坐在我面前。只能说，他在我心中的形象变得更加多重化了。

首先，他肯定是个当官的，而且是位称职的深得民心的好官；他也是一个颇有才华的作家，写得一手好文章，

他出版的那些书籍便是有力的证据；他更像是一位穿上制服的农民，憨厚、朴实，带着无法伪装的自然而然的腼腆，开口说话之前总是脸带谦逊和微笑；他还像一位熟识的老朋友，无论遇上谁，无论是旧交还是新友，都有一种与生俱来的友善与包容，他总在替别人着想。这是个极其细腻内向、敏感重情，而又极其注重各方面细节的男人。在接下来的交往中，他给了我这种感觉。他是一个异常靠谱的人；他是一个为了事业拼尽全力的人；他是一个有着坚韧不拔的顽强品质的人。

有人说，想要赚钱去上海，想要当官去北京。而高宝军，在西藏需要人的时候，向组织写了一封申请书，主动把自己交给了西藏，交给了空气稀薄的阿里。

他原先是个援藏干部，援藏干部任期满三年，是可以调回去的。但他不回去，硬是主动要求留下来，从而变成了一个驻藏干部。这意味着他把自己的一生都交给了西藏。

他毅然决然地选择留在环境恶劣的阿里任职，这也注定了他和大多数置身官场的人有着不一样的品质和追求，以及非同寻常的生活方式和前行方向，包括生而为人的理念和信仰，也都在他身上发生着巨大的变化。

还有一点，非常令人震惊，我所采访的几位在阿里

边境任职的干部，他们无一例外，全都是“单身汉”。

当然，我在这里所说的单身汉，并非他们没有结婚、没有家人，而是，阿里海拔太高，他们的家人都适应不了这里的环境，只能待在内地生活。夫妻之间长期两地分居，终年和家人难得团聚，几乎是从内地调到西藏来任职的所有干部的常态。在阿里和那曲这两个地方尤其是。不仅因为高海拔和恶劣的环境，也因为他们身居边关，肩上担着重任。

这些干部们，每天每天，在为这片土地和这片土地上的百姓操碎了心，不仅大事儿要管，小事儿、杂事儿也要管。但，他们却顾不上去操心自己的家和家里人的事情。

事实上，他们每一个人都来自内地，也会和他们的妻儿一样，适应不了严重缺氧的高原。但，适应不了也得适应。几年，甚至几十年，他们从没有过一次充足的睡眠，直至退休，直至哪天长眠不醒。枕边各种预防高原病发作的药物和胃药、肠药、速效救心丸等，逐渐在增多。但他们硬是挺了过来，或者，身体正在备受煎熬，而意志力却在引领着他们保持向上的姿态。

他们不是没有退路。

他们是不给自己退路。

不管在哪儿，无论什么样的工作，总得有人去干的，对不对？——他们的口径几乎都是一样的。

为人民谋幸福，为民族谋复兴。——他们的宣言也是一样的。

无论是国家重任也好，是个人理想也罢，这个宣言正在这片几乎无人涉足的天边高原，通过这些干部一点一滴地落到实处，落到每个县，每个乡，每一村，每一户，甚至，落到每一个人的身上。

中国特色社会主义进入新时代，需要我们每个人撸

起袖子大干、特干、拼命干。十八大报告中，中央就向各级地方政府下达了死命令，2020 年必须全面建成小康社会，必须坚决打赢脱贫攻坚战。在被称为生命禁区、“世界屋脊”的“屋脊”的边境阿里，每天都在热火朝天地打着这场脱贫战。他们除了打脱贫攻坚战，还得同时搞维稳、担重任……但这些，他们不会跟我细说。

我和高宝军在闲聊时，每当我稍微触及一些深入性的敏感话题，他即刻便会做出相应的回避，或者，以轻描淡写、大而化之的方式绕过去。

他不太愿意说他自己，仿佛一个羞涩的中学生，不太愿意将自己做的那点好事儿公诸众人。但在说起那片土地以及那片土地上的老百姓，他会一桩接着一桩地说，说到完全停不下来。感觉他心里装着的全是那片土地和发生在那里的人和事。

——那些，才是他生活的全部，是他的整个世界，也是他选择在这里停留的生命的意义和价值所在。

他说过一句话：群众不脱贫，我就不退休；还有一句是：要是群众摘不了穷帽子，我就摘官帽。

听上去有点悲壮，也有点农民式的朴实和倔强。其实，他是暗暗给自己立下了军令状。

不过，说句话、宣个誓很简单，真要做起来，去一步一步地落实，真的是需要非凡的决心和狠心的。毕竟，是在被称之为生命禁区的阿里高原。千百年来的雪山荒漠，很难长出可以果腹的粮食，他凭什么就能带着他的百姓们走向脱贫，并致富？

“脱贫致富”这几个字眼，出现在海拔 4500 米以上的阿里高原，本身就是个没有可能性的可能，等同于奇迹本身。

然而，奇迹发生了。

高宝军不仅帮百姓们脱了贫，还异想天开地想要在阿里开发无土栽培果蔬和开展大面积种树工作。他向全阿里人立誓，要把荒漠变成绿洲，要让老百姓吃上当地长出来的蔬菜瓜果……毫无疑问，这又是一场惊天动地的绿色革命。

开始的时候，好多人都以为高宝军疯了；也有获悉内情的朋友，替高宝军捏了一把汗，甚至有人暗地里劝他三思而后行，毕竟存在的风险太大，实现的可能性太小。退一万步讲，就算这场革命真的成功了，那么，所要付出的成本和代价也是不可估量的。如果失败了，那就是一个罪人。到那天，他就真的要摘下他的那顶乌纱帽回家了。

但是，高宝军不听劝。他没时间听人劝。他一门心思扑在他的脱贫致富和绿色革命道路上，一去不回头。

好多人不知道，有着儒雅的外表和农民式憨厚的高宝军，还有一颗敢作敢为、勇于挑战的决心。

那几年，从他做实验土开始，如何一步一步走过来，直至把一棵棵树在荒漠里栽下去，到底吃了多少苦，经历过多少焦虑和煎熬，他对自己有多狠，只有他自己心里清楚。他不会对人说出口。

总之，让阿里的老百姓吃上自己种的蔬菜瓜果的这个理想，终于在阿里实现了。民以食为天，对当地百姓来说，没有比这更大的事儿了。这是他们做梦都不曾想过的。居然在阿里这块土地上能够吃到自己种出来的蔬菜瓜果，简直就是上帝对他们的另一种方式的恩赐。

什么叫积德？这就是积德；什么叫福报？这就是福报。百姓们欢天喜地。高宝军也因此而备感欣慰，内心的骄傲化为由衷的开怀。

他通过自己的努力和倔强，硬是把不可能变成了可能。这是奇迹，也是巨大的贡献。可想而知，在漫长的过程当中，一定有过无数的艰难、困惑、曲折和焦头烂额，但，高宝军已不屑一提。我提及这些，他一笑而过。

我只知道，在他所管辖的土地上，所有的老百姓都

在高宝军家吃饭

认识他，路上碰到他，有的人称他一句“高书记”，有的人干脆就叫他“菜篮子书记”，他都笑着回应。

高宝军很忙。我在噶尔县小住的那几天，他每天都在开会，每天都在忙着处理各种事务。阿里属于高寒地区，大部分时间都冰天雪地的，除了夏天这几个月，其他季节外面的人几乎都进不来，很多工作和活动都无法展开。因此，每年夏天，是他们最忙的时候。而我，也偏偏选在这个7月来到这里，看着他们一天到晚奔忙，心有愧疚，

感觉有点在添乱。

那天，高宝军突然打电话来，说他早上开会，下午也有会，但中午会有两个小时左右的空当，问我有没有时间，他想邀请我去他家吃午饭。

我欣然应允。在那段日子，我每天都在四处晃荡、游山玩水，偶尔采访他们，便是我此行唯一可做的那点儿正事。

高宝军的家就在地委办公楼的大院里。那里是阿里地区最高级别的行政大楼。我以为会很豪华。但，万万没想到，朴素得就跟我们的员工宿舍没啥区别。两层楼房，带个独立的小院子，简易的厨房就搭建在院子边上。

高宝军喜欢种花，在院子四围种了些小花小草，得

闲时便在家摆花弄草，写写文章，发发呆。他说，地委书记的家也在这儿附近，住的也都是一样的房子，并没有享受什么特殊的待遇。我本想过去看看，但毕竟不方便，还是作罢。

菜很快做好了，一大盆羊肉汤和几个清炒蔬菜。在阿里吃到牛羊肉是常事，但能吃到新鲜的蔬菜却不容易，何况是他们自己种植出来的。因此，我们都舍不得浪费，把刚炒的那几个蔬菜全都吃光了。

居然，还有饭后水果，是一个甜到哭的西瓜。这肯定是我记忆里吃过的所有西瓜当中最特殊、最珍贵的一个。高宝军说，是他特意让人去地里摘来，是第一批刚熟透的，他也是今年第一次吃。我们真的是怀着感恩的心情吃完的。

后来，当我回到杭州，看到满大街、满车子的西瓜时，我总会想起那一个。在杭州，我可以每天吃，无限量地吃，只要我愿意。但是在阿里，在海拔四千多米高的荒漠上结出来的那个西瓜，是我这辈子最为弥足珍贵的记忆。

我从流金溢彩的大都市过来，从物质丰饶的群体中过来，通过报纸、网络和朋友圈，我当然知道，中国正在全面搞扶贫和脱贫工作，正在为全面建成小康社会而努力奋斗……但是，自始至终，我也仅仅只是知道罢了，

我并没有切身体会的经历。

而在这个7月，当我置身远在天边、几乎不被人提及的阿里，聆听、目睹并且参与到这群干部们的忙碌与奔忙当中，亲眼看见他们疲惫却依然亢奋的脸，看见他们永远不知疲惫地齐心协力把这片原本荒芜、艰险、人迹罕至的生命禁区，逐渐建设成了井然有序的现代化文明社会；我看见这些整日忙碌的、为民为国操碎了心的人，看见我所经过的正在翻天覆地发生着巨变的土地，我感觉我一下子看到了中国，看到了这个充满中国特色的社会主义新时代，看到了日新月异的景象，看到了巨大的变革，看到了无限的可能性……这是一种无比深刻的在场感。

你只有到了阿里，到了现场，才会有这种感知，才会有这种切身体会。你会眼睁睁地看见扎根在这片土地上的干部们，他们真的是在做着父母对儿女才做的事情。

我也知道，他们有很多事情要去做，但是，在阿里的每一天他们都必须坚持做的一件事，就是想方设法为这里的百姓谋出路、谋幸福、谋发展，搞好维稳和安定工作。

他们帮百姓铺路搭桥、植树造林、修建新房、添置家具……从物质上给予帮助是一方面，但终究不是长久

之计，要真正做到脱贫，保证百姓们长期富足的生活状态，首要的任务还得去改变百姓们的一些陈旧观念和生活方式。他们一趟趟地亲自跑去牧民家里做思想工作，劝说甚至求着孩子的家长，让孩子们去上学；他们一次又一次地耐着心告诉他们，只有知识才能改变命运。通过苦口婆心的劝说和引导，孩子们终于一个个走进了教室，捧起了书本。

当然，也会有轮番劝说都不见效的。有些牧民并不认为读书有用，他们就是愿意孩子们和他们一样——养几

头牦牛，随便吃点果腹的食物，简简单单过一生没什么不好。那些干部们便只有动手去“抓”学生。

在高宝军的书里，也写过一篇去牧民家“抓”学生的亲身经历。那晚当我读完这篇文章的时候，心里感慨万分，这里的干部们，真是把伟大的事业全都落实到了一件又一件具体甚至细微的小事上。他们变成一个个苦口婆心、任劳任怨的长者，一天到晚和老百姓打成一片，事无巨细地干着琐碎到家的事情。当你在读着这些记录的时候，很难把他们跟高大上的英雄联系在一起。他们不是英雄，但却胜过英雄。英雄有时候仅凭一时义气和即刻爆发的热血便可成就，而他们，不仅需要日复一日地去重复那些细碎无常的工作，而且哪天前方有难，他们还要第一个冲上去，为百姓们挡住危险。

藏地的牧民们都信佛，也信命，有时生病了就听之任之，不肯去医院，也不吃药。高宝军便自己掏钱，买了药送过去。个别严重的，他便亲自去请来医生帮他们治疗。

2015 年，阿里遭遇了一次重大雪灾。高宝军踏着半人深的积雪，和乡镇干部几天几夜坚守在牧区，坚持指挥进行抗灾。那几天的他，脸冻得褪了一层皮，双脚冻得鞋都脱不下来，而换来的则是牧民和牛羊的生命安全。

也就在2015年那年夏天，他的老母亲因重病在家做了两次手术。可是，那年正值羊年转湖旺季，是维稳任务的紧要时期。他咬咬牙，没有请假。但他在夜深人静的时候，一个人偷偷地哭过几次。他一次次的“六亲不认”，换来的是组织和百姓对他的高度肯定。

高宝军收到过基层群众和寺庙僧人自发送给他的几十面锦旗，每一面锦旗后面，都藏着一段感人肺腑的故事。他把这些都锁在了柜子里。在当地流传着这么一个说法，说几乎所有牧民的手，高宝军都握过。

当你目睹或者亲耳聆听到这些细节的时候，你会忽然感到时代与历史的质地和温度。任何一个时代与历史翻天覆地的变化，都将落实到一个又一个具体的生动的细节中去。

而这些细节，就在这个7月，活生生地以它本来的面目呈现在我的面前，在我身边一桩桩、一件件地发生着。它们绝非新闻，更非传奇，而是铁一般的事实，是每一个置身于阿里的干部们的日常生活。

都说物以类聚、人以群分，阿里的干部们，估计是最团结的一个群体。

想起来，我一路采访过的那几位书记，发现他们身上都有一个共同点：真诚。而且，他们都是穷人家出生

的孩子，都有着肯吃苦、自强自立、拼命死干的狠劲儿。

或许，当初选择进藏，后来又主动要求到阿里任职，甘愿把自己的生命丢给西藏几十年的人，想必他们内心深处都会有一股相同的狠劲儿和蛮劲儿。无法想象，他们会对自己下手这么重。这种狠心，一般人做不到。

走笔至此，我忽然明白过来，他们之间的团结和特殊的友谊，或许，正是源于此处，他们同为穷人家的孩子，现在从事的事业相同，政治立场一致，思想意识相通，又在阿里这个条件艰苦、严重缺氧的地方同甘共苦……你说他们同病相怜也好、惺惺相惜也罢，但你必须相信，他们彼此之间，是完全能够了解并且懂得对方的刚毅、

坚韧、敏感以及疾恶如仇和时冷时热的脾性的。他们是远在天涯，捆绑在一起的战友。

他们共同守护着边境，共同管辖着一域疆土，共同管理着一方相同信仰的百姓，又经历着彼此的经历，体验着共同的体验……从某种程度上来说，他们不仅是志同道合的同事，更是没有血缘的兄弟。他们同甘共苦，亦互为镜子。

离开阿里那几天，心里一直都很感慨。这次行程对我来说，真的很重要，它让一个写作者意识到这个世界就在自己眼前无限扩展，并呈现出一派崭新的面貌和气象，也让自己亲眼所见，在这块高远偏僻的土地上，原来还存在着这么一个群体。他们身为一方官员，他们是一个个具体的人，他们是平凡的，同时也是非凡的。他们也有自己的烦恼和矛盾，也会有偶尔出现的追问和叛逆……而就是这样一批人，他们正在创造着历史，正在为国家和民族的未来不懈努力。他们抛家离子，为实现宏伟的历史目标而奋勇战斗在自己的岗位上，日复一日、任劳任怨，甚至不惜付出生命。

虽然，在很多人眼里，他们已经当上了官，各方面条件应该比老百姓优越，其实，你只要去接近他们，了解他们，你就会很快知道，他们非但没让自己和家人富

起来，就连基本的生活要求都可能还未达到。

他们一心扑在工作上，先天下之忧而忧，后天下之乐而乐。虽然，他们每一个人都是穷人家的孩子，至今也没有大富大贵，但在他们身上，我却看到了可贵的献身精神和包容万物的大格局。

噶尔

噶尔县，是西藏阿里的边境县之一。位于西藏最西部，沿森格藏布和噶尔藏布流域，四周环山，中部低平，平均海拔在 4350 米左右，最高海拔 6554 米。

噶尔，在藏语里指帐篷、兵营之意。

在 1841 年和 1842 年，此地遭到克什米尔的森巴（道格拉族）人的入侵，西藏地方政府奋力抗击，由甘登次旺将军率领军队在这里打败了入侵的克什米尔森巴人，并在此扎营。因此，得名噶尔。

元朝时期，噶尔县也被称为纳里；在明朝，又被称为俄力思。噶尔县全地区的面积为 34 平方千米，人口不到 12 万。到目前为止，仍是世界上人口密度最小的地区。

阿里地区的行政公署驻地就在噶尔县的狮泉河镇。

2019 年 7 月中旬那几天，我就住在狮泉河边的陕西大厦。无论晨起开窗还是傍晚散步，清澈的狮泉河水和两岸的红柳树吐着芳香的花蕊，抬头不见低头见，满眼都是绿

意盎然，大街上一尘不染，两边的建筑干净整洁、肃穆安详。远处是雪山，再抬头是湛蓝湛蓝的天空和白云，一切美如童话。很难想象，这里竟然是阿里。

在河边散步，有时候会恍惚，一次次地回想起十几年前投宿此地的场景：破烂不堪的街道和几幢低矮不见光的土房子。狮泉河的两岸全都是烂泥巴、各类垃圾，漫天的黄沙，连个像样的餐馆都找不到。沿河上游有几间甜茶馆和卖日用品的小店铺，破破烂烂的柜台和货架上落满灰尘。

最显眼的是那几间理发店，廉价的被紫外线晒得有点陈旧的暖粉色窗帘低垂着，大白天看上去有点黯然落寞，到了晚上会亮起一些暧昧昏黄的灯光。据说，开店的大都是年轻的四川妹子，不远千里跑到这里来赚钱，但，她们只是赚男人的钱，不赚女人的钱。不明所以的女游客想进去洗个头，会在进店之前被拒之门外。因为，她们不是真的帮人洗头或者理发。她们自有自己的客人。

阿里山高路远，有些货车司机送货进阿里，一出门就是半个月，甚至更久，他们都会到狮泉河镇上来稍做休整，去理发店逛一逛，看看这些年轻水灵的妹子，再为车子加满油，然后，继续上路。

那晚闲着无聊，逛到镇上唯一的一家酒吧，叫雪域酒吧，也是破破烂烂的，但很有异域风情。记得当我掀开厚

重的藏式门帘的瞬间，那场景有点像电影里的新龙门客栈，只是，没有遇见金镶玉，也没有周淮安，但却有“天涯游子君莫问，残雪凝辉冷画屏”的意境。可能是因为那次回来后，写过一篇雪域酒吧的文章，便永远记住了那个晚上，记住了那儿的场景，也记住了那晚聚在酒吧里一起谈笑风生的旅行者的面孔和难以言喻的神情……

这些场面都已消逝不见，仿佛电影镜头的切换，瞬间变为眼前这座四通八达的现代化文明城镇，有高楼大厦、有整洁的办公区、有种满植物的公园、有干净的居民生活区，以及井然有序的商业区……一切仿佛奇迹。

我入住的援藏大厦就建在狮泉河边，房间在五楼，窗口正对着狮泉河。大厦里全都住着来自内地的援藏干部，他们要在这里住满三年再调回内地。我每天都要经过一条长长的走道，走道两边是他们的房间，简单朴素，类似于普通酒店标间的设计，也像带卫生间的学生宿舍。为了空气流通，大部分的房间门都敞开着，地上、桌上、窗台上都排满了喝剩下的被割去上半截的大桶矿泉水瓶，里面盛满水，就这么敞开着。高原空气干燥，这些水是用来加湿制氧用的。

我问过一个住我隔壁的援藏干部，这有用吗？

他的嘴唇干裂着，哈哈一笑，说，没多大用处，但每

噶尔县城

天看着房间里有这些水在，心里会踏实一些，感觉空气里多少会有点湿润，聊以自慰罢了。

他和另外一个援藏干部住一起。按理，两个成年人，要在一个几十平方米的房间里住满三年，无论如何，都是件极不方便的事儿。但我所经过的每个标间，几乎都住着两个人。

我没有问他们为什么。不用问也想得到，不为他们安排一人一间房，估计除了条件不允许之外，两个人住一起，

也可以互相照看，毕竟是在海拔 4000 多米高的地方，身边有个人，总是要安全一些。

那天来看我的那位朋友说，他也在这栋援藏大厦住过两年多，然后，才调去地委那边工作。他这一调就由援藏干部变成了驻藏干部。援藏干部任职满三年，就可以调回内地去；而驻藏干部，却要长期驻扎在藏地。

风很大，我关紧每一扇窗。几缕阳光透过窗玻璃照在我的书桌上。那其实是一张闲置的餐桌，我把它临时布置

成了书桌。但此刻，它又摇身一变，变成了茶桌。桌上有几朵刚采来的格桑花和一枝红柳。第一次看见红柳也会开出粉白色的花朵。刚煮好一壶老白茶。茶的暖香和花香融在一起，充满了整个房间。

我在用心泡茶，和那位朋友虽只隔着一张茶桌，却仿佛隔了千山万水。那会儿我一直在走神。而朋友自顾自在谈论他在阿里的生活经历，以及他这几年来的无数艰难和各种波折，情绪有点激动，仿佛喝茶也能够把他喝醉。

但我还是听进去了。很是感慨，一个汉族人要从内地跑到阿里来求生存，确实是不容易的，如果没有一点使命感和责任心，谁愿意待在这儿呢？

要是此刻有酒，我真想陪他喝一杯。

但他立马摇手，说，现在有“八项规定”，不允许大吃大喝。醉酒更是绝不可以。要是在以前，无论你的身份是当官的，还是打工的，抑或是来冒险的旅行者，只要聚在一起，酒是必须要喝的。就在雪山下、河滩边、草地上，一大群人聚在一起，对酒当歌……相信酒在某些场合，绝对是好东西。

记得有一次在藏地草原上，经幡飘扬，马儿在身边徜徉，远处是洁白的神山，一群人喝醉了，傻傻地、安静地躺在草地上。有个半醉的人爬起来，对着空中大声唱了几

句我完全听不懂的民歌，那调儿一波三折带着颤音，仿佛从喉咙里喷着火。唱着唱着，他忽然发现没喝酒的我安静地坐在草地上看着他们。他忽然停止歌唱，指着那一堆在风中猎猎作响的经幡对我说：你来，你过来看看，它们都还活着，你听见没有，呼啦啦、呼啦啦地在说话。他又指着躺在地上喝醉了的那些人，说：你看，他们已经死了，他们现在什么都不知道，闭着眼睛，死了。然后，他一个趔趄，也倒了下去，在草地上打着响亮的呼噜睡去。

在这种辽阔高远又神秘的地方，很容易让人滋生出“前不见古人，后不见来者。念天地之悠悠，独怆然而涕下”的感觉。

不过，如果可以，我真想斟满一杯酒，向生活在这里的苍生和战斗在边境线上的所有兄弟们满满地敬上一杯。

方我汲酒时，江山入胸中，一杯入肚，三分剑气，七分月光。喝完酒，正气凛然，气势浩荡，该干吗干吗去。

但是，现在的他们，真的都不喝酒，绝不能喝酒。“八项规定”之后，全都戒了。他们把喝酒时的豪迈和激情全都付诸工作，献给了这片土地。个人主义和小情小爱皆被消灭。他们的豪迈和激情体现在了一条条正在建设的康庄大道上，体现在荒漠里拔地而起的那些大树上，体现在一座座耸立的钢筋混凝土高楼上，体现在瓜果飘香的农业园

区上……

那天下午，我走进传说中的噶尔县生态农业园区，完全被惊呆了。这是用玻璃搭建而成的巨大的温室，其实就是几座玻璃大棚，占地 700 多亩，大棚里面种植着黄瓜、豆荚、茄子、土豆、西红柿、萝卜、大白菜、红辣椒和西瓜等，各种瓜果蔬菜，还有各类琳琅满目的花草树苗。当然，见到它们不奇怪，城里多得是，但在被称为生命禁区的阿里高原，你忽然目睹这些蔬菜瓜果从地里冒出来，不能不惊叹。这是发生在眼前的不可思议的奇迹。

第一批西瓜刚熟，被工人用套子一个个套起来，吊在杆子上。园区负责人摸摸这个，又抱抱那个，就像对待初生的婴儿似的。终于摘下来一只，切开请我们吃。大家都

噶尔县的蔬菜基地

怯生生的，不敢去碰。推来推去，客气了好一阵儿，才小心翼翼地下定决心每人双手捧起一片来吃，那种感觉就像在偷尝从未吃过的禁果。

吃着西瓜，天空中明明艳阳高照的，却忽然电闪电鸣，头顶被乌云笼罩，一场滂沱大雨说来就来。

阿里地区一年到头几乎都不下雨，而那几天，却连续下了好几场。好几次出门，明明是白晃晃的烈日炙烤着大地，晒得人皮肤都在冒油，刹那间就会变天。住在阿里的所有人都喜欢下雨。雨一下，大地就会变得湿润一些。空气湿润了，心肺也会因此而变得润一些。

看见雨的他们立即欢畅起来，含在嘴里的西瓜也更甜

了。他们开玩笑地说，是我把江南的雨水带到了干旱的高原上了，阿里很少会有连续下雨的天气的。

好吧，我变成了一只吉祥物。他们一高兴，又要去地里摘西瓜，说要送我几个带回去吃。我哪敢要啊。在这里，从种下一棵西瓜苗开始，到每天伺候它长大结出果实来，不知道要付出多大的代价和心血。不像我们老家，随随便便往地上撒下些种子，就会长出满地的西瓜来。

从生态农业园区出来，再去红柳滩。红柳滩也叫红柳公园。就在狮泉河镇往南几十千米的郊外。公园里全都是开着花的红柳，有玫粉色的，浅粉色的，还有纯白色的，满树的花像灿烂的烟花，成百上千地盛开着，在空无一人的荒郊野外，有点悲壮。

溪水沿堤而下，堤坝好几处被水冲垮了，到处都是漫延四溢的水。像是在一片湿地里走。

我听见有人在唱歌。循声而去，看见有个人站在一棵红柳树下，唱得声嘶力竭，唱得地动山摇。他脚下摆着个移动音响，面前搭个三脚架，架子上装着手机在自拍。头上戴着耳麦，在自导、自演、自唱，连同录音和摄像，全他自己一个人包了。下过雨的天空，更加清澈蔚蓝。红柳滩到处湿漉漉的，虽然是夏天，但还是寒气逼人。而他自顾自唱得热火朝天、热闹非凡。

我就站在他附近。他终于看见了我，讪笑着取下耳麦，和我打了个招呼。

他是从新疆过来的，在狮泉河镇上开了家水果批发店，雇了两个小工。他爱唱歌，但租的房子小，在镇上唱歌会影响到别人休息，就跑来这里唱。他说他唱歌是为了拍抖音。他在抖音上有很多粉丝，每天都要听他唱歌。他倒是很尽责的，但他唱得真不咋样啊，声音也不好听，只是靠吼。他好像也看出来了，我并不喜欢听他唱歌，有点像是在为自己辩解，他说，在这种地方生活，实在太寂寞了，得给自己找点乐子，才能继续待下去……

我说你唱得挺好的。他哈一笑，继续戴上耳麦，又开始旁若无人地投入到他的下一首歌曲里。

狮泉河镇

音乐响起，我在红柳滩里又逛了一会儿。一边是望不到边的草原，另一边是高耸入云的雪山，风吹着红柳条，像有无数的古人，披散着长发，呼啸着迎风而立。不知为何，有一种气壮山河又悲情漫漫的感觉向我袭来。

狮泉河贯穿噶尔县城，
一路向西流至印度洋

狮泉河

狮泉河的藏语是森格藏布，意译过来为狮泉河，或狮口河。最终，人们还是以狮泉河为之命名，一来方便记忆，二来“狮泉河”这三个字，能够赋予阿里高原一种生气勃勃和原始野性的感觉。

阿里有四条大河，它们分别为狮泉河、象泉河、马泉河、孔雀河，都以动物命名，象征着力量、吉祥、雄壮和野性。

狮泉河总长400多千米，河流面积将近3万平方千米，是西藏阿里主要的大河之一。狮泉河发源于冈底斯山主峰冈仁波齐北面的冰川湖，自南向北流至邦巴附近，再向西流，至阿里的革吉镇为上游段，长约152千米。从革吉镇再到扎西岗乡驻地为中游段，长约173千米。中游段为宽谷，狮泉河盆地就在中游段。再从扎西岗往下，至印控的拉达克，为下游段，长约87千米，下游段有长约10千米的激流滩。汛期一般出现在每年的8月份，具有陡涨陡落的特性。一般到了每年的10月份，河面会开始结冰，直至来年4月中

下旬才完全消融，而 12 月到翌年 2 月这段时间，整条河流会处于冰冻状态。如果你不怕冷，可以去冰冻的河面上走一走，体验一把零下几十度的极寒。

狮泉河流经的地方，基本都是半荒漠和荒漠地带，绝大部分都是无人区，因此，河水并没有受到任何污染，清澈见底。这里的气候长年干旱少雨，生活在两岸的百姓大部分以牧业为主。

狮泉河流域共有七条主要支流，以噶尔藏布最大，长约 155 千米，河水由东南向西北方向流去，到阿里的扎西岗边防站附近与另一条发源于喜马拉雅山北麓的重要支流汇合后，再汇集一起进入被印度控制的克什米尔地区后，就是南亚最长的一条河流印度河。印度河全长 3180 千米，在我国境内长约 500 千米，流经印度和巴基斯坦后，最后进入印度洋。

在《西游记》里，狮泉河也被称为通天河。

狮泉河镶嵌于城镇中间，河面很宽，河水也是清澈无比，从城中缓缓流过。在当地老百姓心中，狮泉河和象泉河、马泉河、孔雀河都是从神山冈仁波齐雪峰融化下来的水，又经过圣湖玛旁雍措分流而出，故被认定为是四大“神河”。

关于狮泉河还有一个传说。相传冈仁波齐有狮泉河、象泉河、马泉河、孔雀河四个孩子，有一天，冈仁波齐为

狮泉河边

了测试这四个孩子的法力，便让他们分头出发，而他自己就在印度洋那边等候他们。四个孩子之中，当数马泉河的能力最大，象泉河和孔雀河最为勇敢，而狮泉河则是年龄最小、体质最弱的那个。冈仁波齐对马泉河也是抱以厚望，但却忽视了狮泉河的潜力。但是狮泉河很努力，他一路颠簸，历经艰险，用最薄弱的步伐和最坚强的意志力，率先到达了印度洋，成了唯一的胜出者，向冈仁波齐证明了自己的意志和实力。

冈仁波齐不忍心看到居于阿里西北的人们，在忍受高寒的同时，还没有干净的水源，就决定把狮泉河留下来，去养育藏西北的那些人们。

现在狮泉河流经的路线，就是当年他拼命赶往印度洋去跟冈仁波齐汇合的那条路径。在藏西北人们的心中，狮泉河不仅是一条让他们的生命得以延续的河流，更是一条滋养心灵为他们带来好运的神河。

如今位于狮泉河与噶尔藏布交汇处的狮泉河镇，即为阿里地区的行政公署驻地，也是噶尔县的一个中心。

狮泉河镇海拔 4300 米左右。听说很早以前，这里只是一片荒凉无人的红柳滩。

1964 年，新藏公路通车之后，人们开始赤地立新，在这里建设营房和一些公共设施。

1966 年，阿里地区的行政公署从噶尔昆沙搬迁至此。

狮泉河镇上的小区

一大群人集中在这里艰苦创业，进行各类建设。直至20世纪80年代，建设速度进一步加快，城镇规模初见。

1988年，噶尔县也将政府所在地迁到这里，狮泉河镇的雏形逐步确立。

然后，问题来了，随着钢筋混凝土建筑的不断拔地而起，小区和办公楼一幢接着一幢兴建起来，曾经被称为红柳滩的红柳不见了。就在人类大兴土木拼尽全力去搞现代化建设的同时，红柳也遭到了人类空前绝后的疯狂砍伐。

红柳的学名，也叫多枝柽柳，是生长于中国荒漠地区的一种植物，具有较强的耐寒、耐高温、耐干旱的特性，不仅能有效地防风固沙，还可很好地去改良盐碱地，是阿里高原最重要的树种。然而，它却遭到了人类无情的大批量的砍伐。

之后，大自然开始向人类报复。狮泉河边风沙四起，漫天而来的沙尘暴让当地居民不得安生。沙尘暴的袭击，不仅破坏了通信和电力设备，也严重影响了当地居民的生活，还差点掩埋了搬迁至狮泉河的噶尔县政府办公楼。

经历过狮泉河城镇建设的老干部们无不感慨：这都是我们当年犯下的愚蠢错误。那时候的人们，只顾埋头生产，只顾无度地建设，而完全无视于生态环境的保护。他们几乎把所有的红柳都砍光了。

1998年开始，阿里地委和行署开始重视狮泉河的生态环保建设，请专家们前来制订治沙方案，并投入了大量的财力、物力和人力。

经过治理和改善，现在的狮泉河镇已经种植了各类树木达两千多亩。红柳也回来了。在高宝军调至噶尔县后的这几年，在植树造林和种植牧草方面更是加大了投入。

那天我们的车子驶入噶尔县，走过大树参天的公路，藏族司机说，喏，那些树都是高书记来了之后种下去的，长得很快。

狮泉河边的红柳

暗夜公园

2014 年，中国第一个暗夜公园出现在阿里噶尔县狮泉河镇往南 25 千米处的一座山坡上。至今为止，这里仍是全亚洲第一个暗夜公园，占地面积约 2500 平方千米，包括核心区和外围区，海拔 4800 米，目前应该是世界上海拔最高的极地公园。

估计很多人都不知道，在我们西藏阿里还有这么一座暗夜公园。也许有些人甚至不知道世界上还有“暗夜公园”这么个说法。

在暗夜里，我们能看见些什么，或者，我们还能做些什么？在城市里待久了的人，大概都已经忘了，只有在黑夜里，我们才能够看见一览无余的震撼心灵的星空。而我们人类，尤其居住在城市的那些人，极少能够看见过真正的星空，有些人则可能从未曾看见过。很多地方，根本看不到星空。随着物质文明的快速发展，尤其是光污染的日益严重，星星消失了，包括无数的野生动物，也在渐渐退出我们的视野，消

逝于自然之外。

康德在《实践理性批判》这本书的最后一章里说："世界上有两种东西，我对它们的思考越是深沉和持久，它们在我心中唤起的惊奇和敬畏就会日新月异、不断增加，它们是我头顶的星空和心中的道德法则……"

这一章节的全文被刻在康德的墓碑上。康德所指的头顶的星空，是宇宙论的问题，是一种必然存在的问题；而他所说的心中的道德法则，则是指人类学的问题，是自由的道德问题。

康德通过他一生的实践，试图想去解释的一个哲学问题，即：我是什么？他认为：没有人的存在，这个世界是没有意义的，是因为有了人的存在，这个世界才成为我的世界。世界提供材料，而我赋予世界以意义。

——这就是康德的哲学。在康德看来，道德不是幸福，道德是痛苦，是牺牲。而他所研究的卢梭则认为：科学的发展，就是人类道德的堕落。

我们发展了，我们堕落了，我们头顶的星空不见了……按康德的说法，我们头顶的星空，即为这个世界所提供的材料，自古以来它就在那儿，是因为我们人类的存在而赋予它意义。

然而，我们人类终究忽略了它们的存在，把它们弃之一

边，仿佛它们从来就没有存在过。

有人统计，全球有三分之二的城市人，无法在夜晚看到星空。而有些动物，由于昼夜不分，活动能力和辨别能力都受到了严重的影响。动物们和热爱星空的人们，都在渴望着出现这样的地方：没有霓虹灯，没有光污染，重新回归黑暗，可以自由自在地抬头仰望漫天繁星……那么，出现的阿里的暗夜公园，就是这样的一个地方。

说个题外话，1994 年 1 月 17 日那天凌晨，美国洛杉矶北岭地区发生地震，人们从惊恐中纷纷逃出建筑物，他们发现整个城市的电力系统全都瘫痪了，世界漆黑一片。而就在这个时候，在他们抬头的那个瞬间，看到了完全不可思议的惊人的一幕，一条银色光晕横穿整个城市上空，满天的繁星

阿里天文台星空

在阿里天文台

让很多人都紧张不安。那是他们在长长的一生中，从未曾好好看过一眼的星空。

同样的情景在10年后再度出现。2003年8月，美国和加拿大同时发生大停电，给两国人带来很大的麻烦，但也让所有人在暗夜的天空中，看到了震惊人心的浩瀚的银河，他们从不知道原来天黑之后的苍穹如此丰富多彩，如此富有诗意。

洛杉矶格里菲斯天文台的主任埃德·克虏伯说：当时，许多人都从未见过不受灯光污染的夜空，所以，当满天繁星真正出现的时候，人们惊呆了，把它当成了不可思议的神迹。

只要你去阿里，这样的神迹，几乎天天都可以看到、感

受到。这里是最后的一片净土。

我们的古人早已有习惯，在静谧幽深的夜空中观察天象，从而制订出四时历法，推断出王朝的兴亡与盛衰。当暗夜消失，人的心灵和宇宙之间也就少了一个沟通的窗口。在迅速发展的高科技时代，现代人的生活和物质水平日益提高，但是，有些文化和心灵上的损失，却再也难以挽回。

最早发起设立暗夜公园的机构，据说是一家成立于1988年的非营利组织。协会总部位于美国亚利桑那州图森市，它的成员分布在美国的50个州，并在世界上70多个国家设有分支机构，是目前世界上最大的暗夜保护组织。协会呼吁治理全球光污染，在全球范围内评选一些暗夜条件特别好的公园。在这样的公园里，人们不仅可以尽情欣赏到由数十乃至数百颗星体组成的夜空图，还可以捕捉到划过天际的流星。

暗夜公园是一种公共保护区，也是星空和夜间动物的避难所。由此，也兴起了另一种方式的旅游，称之为天文旅游。

我所经历的这次天文旅游，是由阿里文旅集团杨总指引，他说，你既然到了阿里，总要去暗夜公园走一走的，就当一次体验。

那晚我刚到噶尔县，赶了一天的路，其实挺累的。我们就在杨总负责的大楼里一起吃了个饭，饭间他一再强调：你

若不去暗夜公园和天文台，一定是会留下终生遗憾的，毕竟你将要看到的，是全世界绝无仅有的极地星空。但是，去了呢，也就看一下星空，重要的是在看星空的时候，我可以跟你讲关于阿里的各种传说。阿里神奇的传说太多了，上至天文、下至地理，我会把所有的传说和故事都慢慢告诉你。我敢保证，那将是你写作的最好素材，也是你此行阿里最大的收获。关于阿里，绝对没有第二个人知道得比我多，我又是搞旅游的，在搞旅游业之前，我也是个援藏干部。你得听我的。

然后，我立即表示听他的，当晚就去暗夜公园和天文台。他很兴奋，在饭间，立即就为我讲了一个神奇的故事，但他表示，这个故事听上去很神奇，但却完完全全是真实的，绝非传说，是真事。

他说：就在古格遗址旁边，有一个神奇的小村庄，村里住着大概十几户人家，他们几乎足不出户，也不欢迎外面的人进村。古格一带非常神奇，由于奇特的地理环境，经常会无缘无故就刮起大风，风起时，漫天都是风沙，有点像沙尘暴。沙尘暴过来了，一般人都会想到闭门关窗，但那里的村民们闭门，却不关窗，反而把窗口全都打开。他们的窗，都设计得很奇特，窗口朝外开的时候，像个往里倾斜的U字形，用来干吗的呢，是用来接沙子用的。为什么要把沙子接进来，是因为沙子里面有金子。因此，那些村民都不出去工作，天

神山星空

天就在家里等风，等着把沙子刮进屋里来，然后筛拣金子度日……

我没忍住，问他：为什么要这么复杂，拿个麻袋直接去古格遗址掏沙拣金子不就可以了？

他说：这个你就不懂了，没那么简单的，这里面藏有奥秘的，这个秘密村民们一般都不会对外泄露。这样吧，你今晚先去暗夜公园，我带你去天文台看星星，过几天我再带你去那座村子里住几天，所有的谜底你就都会知道了。

不是说，那里的村民不欢迎外面的人进去住的吗？

不是有我吗？由我带着你进去就没问题，他们都认得我，你还是先去暗夜公园吧，回头再商量去村子的事。

午夜时分，我如约到了暗夜公园。车子离开狮泉河镇的检查站，全程再无路灯，山坡上乌黑一片，隐约可以听见野生动物们的喘息。这么说吧，对于一个长期习惯于城里生活的人来说，这其实是件极恐怖的事情。我们早已习惯了在有光的地方生活，在有光的地方开车，失去光，便失去自由，失去一切。

那天又是个阴天，奇冷，天空中并没有星星，但我还是驱车到了天文台。杨总没有来。

他说他正在赶往会场的路上，据说有个特别重要的会议通知他连夜召开。次日清晨，他便到了尼泊尔，说有三千位

印度香客要到阿里的冈仁波齐神山和玛旁雍措来朝圣，他飞过去要帮助他们办理签证等事务，估计得半个月以后才回阿里。而我的小助理却说，她亲眼看见他从二楼的楼梯上走下来，好几次都碰见过他，难道这是她的错觉？

那几天，我们都住在援藏大厦，他住二楼，我住五楼。

我相信在阿里到处都有神迹，也相信在这片土地上到处都会有神人存在，见多听多之后，一切便不足为奇。

在暗夜公园，如果你渐渐适应了黑暗之后，也便没什么可怕的。到外面去体验星空，最好穿上羽绒服，哪怕在夏天，偶尔下一场冰雹或者下一场雪在阿里都是常事。如果外面冷，也可徒步去天文台，天文台里有 6 台 800 毫米的天文望远镜，其中折射镜有 4 台，反射镜 2 台，这是天文爱好者与星空之

卡尔东遗址上的星空

间的一个特殊的通道。

下半夜的时候，还是看到了星星。我兴奋了好一会儿。人也是动物的一种，回归自然终究是人的一种本能。

天文台的接待厅有大屏幕在播放极地星空的照片和视频，除了暗夜公园所拍摄的星空之外，还可以看到古格遗址、穹窿银城、札达土林以及霞布沟等拍摄的星空，每一处都是极美的，都能够让你震撼到尖叫。

阿里是世界的源头，被称之为世界屋脊的屋脊，一个离天、离神最近的地方，白天有最强烈的紫外线，夜晚有足够黑的黑暗，一切都是最原始、最自然的模样，遍地神迹。

然而，我们认为的神迹，却是生活在这里的人们的日常。同样，我们的日常所见，也有可能是他们眼中的神物。

在阿里，我曾和一位从未离开过村庄的老阿妈交谈。她说，她从未看见过树，不知道树是什么，树到底长啥样。对于树，我太熟悉了，无论高的、矮的、大的、小的、会开花和不会开花的、会结果和不长果的……我都知道，但是，那天的我对着她一边比画，一边形容，竟然发现我根本就说不清楚，我完全无法把一棵树的本来形象准确无误地传递给她。正如她每天都可以看到头顶的星星，却无法准确地向一个从没见过星星的人去描述星星的形象一样。

古如江寺

古如江寺，也叫古入江寺、古如甲木寺，或古鲁甲寺，位于噶尔县门士乡的卡尔东山上，海拔 4400 米，是阿里地区唯一的一座雍仲苯教寺庙。在寺庙里，有西藏历史上最早的一座修行洞雍仲仁钦洞。

在 70 年前，由一位叫琼追·晋美南卡多杰的大活佛，在此修行洞的基础上，建成了如今这座寺庙。

据说在 1924 年，琼追活佛赴阿里修行至此，确信卡尔东遗址，便是传说中象雄王国的都城穹窿银城所在地，因此，他发愿要在此处建造一座雍仲苯教寺庙。

他的愿心得到了当地百姓的大力支持，也得到了他父亲的支持。在他建成寺庙之后，他在印度的父亲派人用 35 头牦牛送来一整套珍贵的大藏经，大藏经由《甘珠尔》和《丹珠尔》组成，还有一些其他的经文。古如江寺建成之后，琼追·晋美南卡多杰便成了第一位堪布。

按照雍仲苯教的传统，古如江寺的两间正殿和偏殿等

主要建筑，都以醒目的白色为主色调，正殿“祖拉康”中有44座转经筒，前来朝圣的信众也都是严格按照苯教的传统，逆时针方向转经。

也不知道什么原因，在苯教的寺庙中，无论是装饰、法器、壁画以及殿堂，大都遵守3、6、9、12等以3为倍数的比例建造或者安置。咨询寺庙里的喇嘛，他们也说不清楚所以然，只是说，这是苯教自古以来就有的规矩。

那天到古如江寺，刚好雨过天晴，一道彩虹挂在寺庙前方的半山腰上，经幡在风中飞扬。丹巴师傅帮我请来古如江寺的格龙次成平措。按照苯教传统，入寺僧人按照戒律分为格次、宗竹、格龙三个级别。

初入寺的僧人称为格次，在研习各种苯教经典的同时需严守四条戒律：不可淫乱、不可偷盗、不可杀生、不可说谎；需熟背经文《根扎》《东疆昂尚》《足戈》等。宗竹则要求在格次的基础上遵守25条戒律，而等级最高的格龙，则要求在宗竹的规范基础上再遵守250条戒律，要学习般若经、九乘学、中观论、俱舍论、戒律学等，必须在密宗学院修炼坐禅满3年，修完后3年内还不允许吃晚饭，不吃宰杀的牲畜肉。在职位上，苯教寺庙也和其他藏传佛教相仿，设有总管寺庙事务的堪布，以及负责向僧众讲经的苯洛。

古如江寺

那天我所见到的那位次成平措，既是古如江寺的苯洛，也是寺庙的堪布。

在次成堪布为信徒们讲经传道和加持的那间小而阴暗的僧房里，我们席地而坐，整整聊了一个多小时。喇嘛祖备为我们翻译。

堪布并没有我想象中的静默淡定和高深莫测，而是像一个受尽了委屈的孩子，逮住人就拼命解释。他说穹窿银城遗址，并不是现在被人们认定的是在札达那个地方，而应该在古如江寺边上的卡尔东遗址这里。其实两个地方就在同一座卡尔东山上，只是后来分割辖区，把山那边的地划给了札达县，把山这边的古如江寺和卡尔东遗址归属于噶尔县。对我们来说，穹窿银城遗址不管是在卡尔东山的

左边，还是在卡尔东山的右边，它都是在卡尔东山上，并没什么好争执的。但次成平措堪布一直就在向我举证，那样急切地想要让所有人知道，他所在的噶尔县这边才是真正的穹窿银城遗址。

我用心聆听着，心里挺感慨的，象雄古国的都城已然消失了一万多年，一万多年后的人们，包括这位在寺庙里权高位重的堪布，还在为它的所在地争辩不休。

谈话间，不断有信徒进来，他们带来哈达、钱和一些别的东西，向堪布下跪磕头。堪布在他们的头顶或手心里撒一些念过经的谷物，还有一些我看不懂的东西。我感觉他有些心不在焉，还有些许的不耐烦，他的心思不在这些人身上，至少在那个时候是这样。他双眉紧锁，不正眼看信徒。我似乎看见了他的心结，巨大而沉重，一直压着他、缠绕他，他解不开。

或许，我不应该有这种念头，但我确实感受到了这些。无论他修行有多深，多么受人敬仰，他首先是个人，是人就一定会有烦恼。比如他掌握了大量的证据，认为这些证据足以证明穹窿银城遗址就在他们那边，但人们就是不听，或者，听了也没用。于是，他一直郁闷着，整日忧心忡忡，以至于他的脸也变成了一副忧心忡忡的模样。

我很理解他。但我帮不了他。

在古如江寺堪布的房间

他追着我说：你可以写啊，我把一些证据和资料全都发给你，你帮我们写一写，可不可以？

有一种莫名的悲悯涌上来。

想起另外一位活佛，他很年轻，生下来就被认定是某某活佛的转世。因此，他背负着当一个活佛的使命，年轻轻就被送进指定的寺庙，从此在枯灯寂屋下苦读经书，并被人高高供起。

我们加了微信，他经常看我的朋友圈。有一次，我们闲聊。他忽然对我说：我真的好羡慕你啊，可以在家读书、养花，出门旅行交朋友，活得多么潇洒自在。

我有点惊讶，问他：你做活佛不好吗？生来就受人敬

卡尔遗址

仰，多么高的一分荣耀。

他说：我要这份荣耀干什么，如果我可以选择，我只愿意像你那样自由自在地活着。为自己活。

你也可以试着为自己活吧。

当然不能，我有我的使命，我已不是我自己，现在的我不可以活成我想要的那个我自己。

有点绕，但我应该听明白了。

2018 年，我出了本新书。他在微信上看到了，问我可不可以签上名寄一本给他。

我说当然可以啊，也没多想，便签了本给他寄去。是

一本作家出版社出的《还俗》。寄出之后，又想起我们的对话，有点怪怪的。但我真的不是故意的。我对天发誓并没有任何意思。他后来寄了藏香和一本经书过来，都没再提及这本书。

我想无论是人，还是佛，在修行过程当中，总是会遇到些或大或小的困惑，不然，还需要去修行干吗呢？

我一直席地而坐，双腿微微发麻，而且那屋子里的酥油味令我窒息。我起身向堪布告辞。

他说：你不要一个人转，让祖备带你去寺庙四处转转吧，或许，你会有些想法的。

会有什么想法呢？我跟着祖备走出他那间神龛似的幽暗的小屋子。对于信徒们来说，这间小屋子，无疑就是神龛，而端坐在这间小屋里手捧经书的堪布，就是神。

祖备带着我四处转悠，让我看了一些平常的游客轻易不会看到的东西。然后，顺着弯弯曲曲的小道往山坡上爬，爬上只能容得下一个人的几乎直立的石阶，然后再爬上一小段古老的木梯子，进入一个极其神秘的修行洞。大概十平方米不到的一座殿堂，除了中间空出来那一块方寸之地，用来打坐、修行，兼起居用，其他地方统统被法器、哈达、唐卡、佛像和酥油灯占据。那些法器和佛像被泛黄了的旧哈达紧紧缠住，看久了会心生畏惧，感觉它们身上曾经附着某些灵魂，有着呼风唤雨、夺人性命的功能，而此刻，却被束缚于洞中，失去了昔日的威力。

靠后山的那面墙上，是一些长条形状的古经书，被码得整整齐齐。祖备说，在这些经书中，有一部分是麦格隆的新作《象雄文化古籍丛书》，倾注了他很多年的心血。山洞的岩壁，早已被酥油灯和漫长的岁月熏染得黝黑发亮，有一股令人窒息的浓郁的酥油味，让你很难在这狭小的岩洞里待很久。感觉每个角落里都弥漫着一种无以言状的庄严和神秘感，悲情漫漫，容易使人迷失，或者，会忽然让你出现某种幻觉，仿佛穿越回一万年前的象雄古国。阿里

本是象雄王朝的核心区域，而如今却只剩下这么一座偏隅于深山荒岭中的苯教寺院，不能不让人感叹世事无常。

祖备说，在 2006 年的某一天，有一辆大卡车从古如江寺开过去，把寺庙门前的那条路给压塌了。人们惊讶地发现，被压塌的路面下面深藏着一座巨大的古墓。经过僧人们的挖掘，挖出来一批文物，其中有一幅带有动物图案的汉字丝绸，还有一尊佛像。据说，这尊佛像已经有两千多年的历史。在这座古墓周围，还发现了一批不同级别的古墓群，

卡尔东遗址上的金字塔

墓穴用天然砾石垒砌，砾石之间采用泥土作为黏合剂，大体可分为基础及墓丘两大部分。石基呈长方形，逐步向上收口，形状如金字塔。根据形制和规模来看，墓主的等级应非常高，极有可能是属于王公贵族的级别。

祖备强调了一句：这也有可能是象雄王国最高统治者的墓穴。由此可见，如果从这个墓葬的规模去推测，当年的象雄都城穹窿银城应该就是在这里。

那也只是推测。我轻声说了一句，立即闭嘴。

我看到祖备的脸上浮现出一丝失望和无奈。身为古如江寺的喇嘛，他和堪布是一条心的。

他推荐我去看《象雄文明研究》这本书，是一位叫同美的作家写的，但是市面上很难买到。

扎西岗寺

扎西岗寺在噶尔县境内，离狮泉河镇大概60千米，位于中印边境线上。扎西岗寺边上就是扎西岗村。

扎西岗在藏语里的意思是吉祥坡，据说由当年的文成公主所取。在西藏有很多地方都叫扎西岗。

坐落在噶尔县境内的扎西岗村，居住着一百多户村民。一半农民，一半牧民，农民靠种青稞为生，而牧民则主要靠养马、羊和牦牛为生。

那天去，遇见两辆大卡车停在村口，看见牧民们扛着大麻袋陆陆续续从家里走出来，在卡车旁边排队过秤。他们在卖羊毛。大伙儿闹哄哄的，你一句，我一句，仿佛一个临时出现的天边集市。

每年夏天，都会有人开着大卡车进村来成批成批地收购牧民家的羊毛，同时也收牦牛毛。牧民们都知道，他们的羊毛和牦牛毛被收去之后，经过处理加工，再拿到城市里去卖，价格很昂贵。但，他们自己卖不了高价。因为他

们没有加工的设备，也没有这方面的技术，只能廉价让商人一卡车一卡车地收走。

车被堵住，下来和一个牧民闲聊，她说，她们全家人都不买羊毛衫穿，那些做好的羊毛衫又重新运到这里来卖给她们的，全都是假的，闻不到一点羊毛的味道，穿身上硬硬的也不保暖，也不知道真的羊毛都去哪儿了。她们有的人就自己做袍子穿。我穿过她们的藏袍，衬里加了厚厚的一层羊绒，一上身就有被暖到的感觉，比羽绒服更保暖。但是，穿在身上很重，走路时会感到自己的重量，很敦实，尤其走在无垠的大漠荒原，或是连绵不断的雪山之间，你会很快为自己找到一分存在感。

等卡车开走，我们拐道去了扎西岗寺。阿里四季下雪，极少下雨，但 7 月是雨季，那几天一直下雨。好在这里的雨下不长，没一会儿就停了。

到扎西岗寺的时候，一场雨刚刚过去，山上还灰茫茫的，却有一道阳光破空而来，斜斜地挂在寺庙的黄墙上，使得那一道墙光芒四射，万分耀眼。

扎西岗寺的建筑不大，但很有特色，与其他的寺庙很不同。在寺庙的四周挖出来一圈离地很深的壕沟，约有一米五左右的宽度；壕沟之内是呈矩形的夯土防护墙；防护墙的四角，以及墙的中部，都有凸出来的角楼；西南边及

扎西岗寺外围

正西背面上还建有两座圆形的碉楼；碉楼墙体高 8 米左右，墙上有三角形和长条形状的射孔……从这些细节处可以看出来，这座寺庙倒像是个军事基地，或者，曾经在某个特殊的时期被部队利用过。毕竟，这里是国境线，紧急时刻把寺庙当作军事基地应该也属常事。

防护墙的中央偏北处，即为扎西岗寺庙的位置，殿堂平面呈现出十字折角形状，据说，这象征着佛教里的须弥山形状。殿堂四周均被转经道环绕，是一种典型的吐蕃时期的佛殿结构。

扎西岗寺在“文革”时期也被毁过，1985 年才又重建。主要建筑有措康、普那贡康和 4 座扎仓，以及茶馆。寺内

扎西岗村

主供觉沃等三尊佛像，大小佛塔 212 座，唐卡 1008 幅，殿内的主护法神为巴登玛索玛。我不懂这些，只是听寺里的一位老喇嘛在详细介绍。

他看上去已经很老很老了，躬着背，爬楼梯时从侧面看他的身形，就像个大问号，他的脸上布满阡陌纵横的皱纹，仿佛经历了好几个世纪仍然还活着。他对我说话的时候，我发现他的牙齿全掉光了，因此，表情非常古老又遥远，尤其是他看着我笑的时候，会有一种不可言说的神秘感。

他说，扎西岗寺虽然不大，但在民主改革之前，这里还住着 50 多位喇嘛。他伸出他那只古老又弯曲的手掌，代表 50。又说现在的寺庙里，只剩下 5 位了，还有一位是管

理人员，在寺庙上班，是加起来总共 5 位。他又伸出那只手掌，这次是代表 5。

他带我们去主殿。主殿在二楼。需要从户外楼梯爬上去，再打开一道小门才可进入。门钥匙就在他身上，平时都关闭着。如果有游客来参观，一般都在一楼转一转，或在寺庙外围拍拍照就走了。不过，平时很少有游客会到这里来。

他问我从哪儿来。

我说从杭州来。我说了好几遍杭州。旁边的人也帮我翻译了好几遍。他还是摇摇头，扯了扯耳朵，说不知道，从没听说过。

他又神秘地笑了笑，说他最远的地方去过拉萨，是年轻的时候去的，只去过一次，那次是跟很多人一起，用双

腿走去的，去朝圣。

殿内暗沉沉的，和所有藏地的寺庙一样，到处都弥漫着一股浓郁的酥油味。四周靠墙的玻璃柜里供着很多佛像，他一尊一尊地为我们介绍，我一知半解地听着，那些名字和来历过于繁复，又是经过翻译的，有些含义模棱两可、似是而非，转个身就被我忘掉。但是你得用心听，这是基本的尊重和礼貌。走到最后的玻璃柜旁边，他有点隆重地介绍，这个就是他们的镇寺之宝，是一只白色大海螺，被称为显言海螺。据说是从印度飞过来的，可赐福于人，显灵时会开口说话。

托当地朋友的福，跟他用藏语交流了几句，他同意打开柜门，允许我亲手摸一下海螺，沾沾仙气。

我把海螺拿到耳边，我说我听到了大海的声音。但那位喇嘛不会知道，估计也听不见，听见了也不知道那是海的声音，因为他从未见过大海，也从未曾亲耳听过海浪的声音。他更加不会知道，我就在海边出生、在海边长大，海螺是我从小到大最常见、最熟悉的玩具。

就在一个星期之前，我从冈仁波齐神山下来，住在止热寺的那天，我在仁波切的房间里看见三只海螺。他们告诉我，有两只是从印度过来的，另外一只更传奇，是一位转山的圣徒在他五体投地贴向山道的时候，忽然便见到了

这只海螺。他惊为天物，海螺在藏族人心里的地位绝不是普通的宝物，而是神物。因为在海拔 5000 多米高的神山上，怎么会出现一只海螺呢？

如果说亿万年前的西藏是一片汪洋大海，由于地壳运动，西藏由一片汪洋大海变成了如今的高原，那么，这只海螺的存在，就是一个神物。因此，那个转山的信徒，立即就把神物献给了寺庙，由尊贵的仁波切代为珍藏。

那天的仁波切在念经，我拿着海螺玩。开始我并不知道海螺在他们心中的地位居然有这么重要。仁波切和他弟子忽然便停止了念经，好奇地问我听到了什么，我说我听到了大海的声音。于是，我给他们一人一只海螺，教他们

扎西岗村口牧民在卖羊毛

把海螺贴向耳朵。他们果然听到了一种声音，但他们不知道这种声音，就是海浪的声音，因为他们从没见过海。你无法去跟他们说清楚什么样的声音才是海的声音，但他们确确实实听到了一种声音。我说那是海的声音，他们半信半疑。后来他们还是把他们听到的这种声音，叫作回响。

那天，我跟他们说，能否将冈仁波齐神山上捡到的这只海螺送给我，等我下次来神山的时候，从家里带几只过来交换。

他们拼命摇头，说，这个不一样的。

想来也是。同样是海螺，它在海边被人捡到是常事，只不过是个俗物罢了，而在海拔5000多米高的神山上被人遇到，毫无疑问便是个神物。它在本不应该属于它的地方出现，本身就是一种非同凡响。

以此类推，很多事情也一样。

扎西岗寺供着的神物，除了显言海螺之外，还有一块木头叫显言檀板。据说也是从印度飞过来的。这块板被悬挂在一根大梁上，身上挂满哈达。檀木的香味已经没有了，被强烈的酥油味替代，油亮油亮的，估计是摸的人多了。但圣徒们一般都会双手合十，用额头去触碰它。

到扎西岗寺来的人，如果能够让寺庙里的喇嘛用海螺为你赐福，是一件极其荣幸的事，那天的我也荣幸了一回。

喇嘛把我带到殿堂的一角，用圣水在我头上撒了几滴，然后让我微低着头站在他面前。他先用海螺轻轻敲了敲我的头顶，让我双手合十，慢慢安静下来。

正在我闭目安静之时，忽然响起一记刺耳的螺号声，从我头顶开始，如水般倾泻下来，震耳欲聋，直穿我的五脏六腑。原来他在海螺上绑了一根空心管子，正在对着海螺用力吹。我完全条件反射，吓得我尖叫着跑开了。旁边的人被我逗笑，喇嘛也被我逗乐。好好一个庄严隆重的赐福过程，就这样被我破坏。庄严仪式感荡然无存。

但寺庙终究是寺庙，每一座寺庙都有它的神圣之处，都有它非凡的传奇性来历。扎西岗寺也一样。

相传，它的创建者是一位来自拉达克的喇嘛，叫达仓哇。那年的达仓哇从拉达克出发，一路念着经到拉萨去朝圣。经过一座小山坡的时候，他正念到“大力倡建佛寺”这一句。朝圣完毕后，从拉萨返回拉达克的路上，再次经过那座山坡，也就是今日的扎西岗，他发现自己又念到了这句“大力倡建佛寺”。他便觉得这是冥冥中神在给他一个指引，想让他在此地建寺。

这么想的时候，他把盛满甘露的“嘎巴里”藏在了这座山丘中，并对此祈祷：若是真能在此建寺，愿来年甘露依然，否则干枯。

在扎西岗寺，寺庙的钥匙由这位喇嘛保管

第二年夏天，达仓哇又到拉萨去朝佛，仍然路过这座山坡，他便跑去观察他藏于山丘中的甘露，只见甘露丝毫未干，而且还露出地面，这让他更加坚定信念，下定决心要在此修庙。

那次朝圣回去后，他便从拉达克购买来大量的木材，请来木匠、石匠和画师，历经整整 7 年的时间，终于建成了这座扎西岗寺。建好之后，他还从洽米寺请来了 13 位喇嘛住寺。

古时候的扎西岗寺，曾一度属于拉达克管辖。直至 1679 年，噶丹泽旺打败了拉达克的入侵者后，扎西岗寺才改宗为格鲁派，属拉萨色拉寺吉扎仓分寺，并由托林寺法台管理，而该寺的堪布则由色拉寺直接委派，每届任期3年。

每年的藏历年 5 月 5 日，当地人会在扎西岗寺举行一场盛大的赛马活动，为了纪念噶丹泽旺率领他的军队大获全胜。

我在文中多次提到拉达克，拉达克位于克什米尔的东南部，在中国与印度交界处。中国拉达克地区是藏族传统的居住区，素有“小西藏”之称，在历史上是中国西藏的一部分。直到近代，拉达克的部分地区才被印度非法管控。

拉达克大约有 26 万人口，总面积 4.5 万平方千米，相当于 7 个上海、3 个北京这么大。它的首府叫列城。

清朝的时候，拉达克还是西藏藩属。1834 年，英国支持锡克帝国入侵拉达克王国，从那时起，拉达克就被外国非法管控。印度方面所称的中印边界在 19 世纪 40 年代就已经划定的说法，中国进行了反驳。双方目前仍然存在争议。

因此而知，居于边境线的百姓和干部们，没有任何时刻是可以完全懈怠的。当然，这是题外话。拉达克始终是中国的领土。和阿里一样，同样有着稀薄的空气，同样的高山耸立，同样的残酷和伟大，同样的佛教盛行，同样的民风民俗，同样有着不可言说的传奇和神秘。

杨辉和他的疆域普兰

边将杨辉

1980 年出生的杨辉，在阿里普兰县任县委书记，是阿里地区所有县委书记中最年轻的一位。虽然他年龄不大，但在阿里的工作时间却已 20 年之久，他还将在阿里继续工作下去。

西藏缺氧，尤其在边境阿里。可是，当我见到杨辉那天，我感觉生活在阿里的人再怎么缺氧也不缺精神。

“我已属于西藏，现在的我可是个地地道道的西藏人。”

在普兰的一家小餐馆里，杨辉以白水代酒，豪迈地和我聊着他在阿里的经历。

他是我见过的所有人当中能够把一杯白水喝出高度白酒气魄来的人。我感觉他一定是个很会喝酒的人，而且酒量应该不错，要是哪天与他淋漓尽致地畅饮一场，必定会聊出更多更深刻的话题。

杨辉不仅谈吐豪迈，长得也豪迈，浓眉、大眼、方脸，

给我的第一印象就是古代镇守边关的一员武将。都说相由心生。杨辉的言谈举止里透露着他的耿直、率性。在之后几天的相处中，他办起事来也确实是雷厉风行。我们明明在聊着，他会忽然想起一件事，一秒钟就会拎起电话给他手下人布置任务。他说他是个急性子，不喜欢拖沓，从来在心里就搁不了事，只要一想起还有啥事儿没完成，就会立即去落实。

因此，和他一起共事的人，也要有足够的麻利劲儿才不至于被挨批。他身边的那个小王就是，从部队调过来，走路呼呼带风，那几天都是他陪着我们，每次都是小跑着来，小跑着去，好像时刻都在准备着去前方救急，不允许自己有丝毫懈怠。要知道，在高原站着不动都是件呼吸困难的事，何况跑步。但小王说，他早已经习惯了快步走路和快速去执行任务，唯恐慢下来就会挨骂。杨辉也承认，他自己是个急性子，最见不得他身边的人慢腾腾，办事没效率。他自己也说不清楚，为什么每天总有一大堆事儿在等着他去做，怎么做也做不完。但每一件事情，他都会认认真真去完成，去落实。

正式采访杨辉那天，是在我离开普兰的前一个晚上。他急匆匆从牧区赶回县城，来酒店敲门的时候，已经晚上

十一点多了。他一脸抱歉地站在门外，而我的小助理那时正在浴室里洗澡，准备睡觉。这种时候在我房间里采访显然不太合适，再去找家咖啡馆或茶楼也太晚了。最后，我们决定去杨辉的办公室。

我以为这个时间的县委大楼应该是漆黑一片，没想到很多窗口依然灯火通明。杨辉说，这是他们的常态，几乎天天都有人加班加点到凌晨，甚至到天亮。

怎么会有这么多事儿呢？

“就有这么多事儿，每天大伙儿都难得休息，没办法。”

想来也是，这里是边境。边民们还处于脱贫致富当中，边境的安全问题要管，生产得管，边民们的生活问题和思想教育得管，谁家闹矛盾了、生小孩了、老人过世了、孩子不肯上学了、牦牛找不到了……他们都得第一时间到场，去调解和抚慰，带去各种帮助和温暖。他们深知生活在边境的人不容易，是最需要情绪稳定的一群人。总之，在这块土地上所发生的每一件小事都是大事，任何的风吹草动都在牵动着这些地方官员的神经。忙碌让他们每一天的状态激情澎湃，忙碌也让他们在每一天结束的时候都疲惫不堪。

杨辉说话的语速很快，走路也超快。他带我上楼时，嘱咐我慢慢走，因为在高原爬楼梯是件非常消耗能量的事儿，而他自己却几步就冲上楼。他的办公室在四楼，不知是没有电梯，还是有电梯而不通电。我没问他。那天听小王说，他住的房间就在电梯公寓七楼。电梯公寓就在我住的宾馆隔壁。想着从七楼的窗口望出去，全都是连绵起伏的雪山，多美啊。

小王说：雪山是很美，但是，电梯公寓是不通电的，电梯不过是个摆设，我每天上下班都得爬七层高的楼梯，日常用水也都是从一楼用塑料桶拎上去的。

这种断水断电的情况经常出现吗？我问小王。

小王呵呵一笑，告诉我自从他搬进去之后就一直没有通过电，楼顶水箱也是有的，只是水压不够，水根本就压不上去，只能到一楼自提。在阿里，出现这些状态都属正常。能源有限，他们要把能源尽量节省下来，供给办公区域和边境的老百姓用。

一座没有供电的公寓安装了电梯，还被叫成电梯公寓，在内地任何一座城市里，这都是件令人哑然失笑的事情。但，这里是阿里，没有人会拿这件事来取笑。条件虽然恶劣，但人人都有做梦的权利。谁没有个美好的梦想呢？梦想万一哪天就实现了呢？

杨辉的办公室在四楼。穿过长长的过道，一直走到最西面，标有“县委书记办公室”标牌的那间就是。

他用力推开大门，仿佛推开另一扇世界之门。在门内的小世界里，灯影下的我们，中间隔着两杯白开水。说是访谈，其实是漫谈。杨辉很健谈，透过他质朴的陈述和片断式回忆，我仿佛看见无数生命的秘密和岁月的光辉在涌进来。

杨辉的老家在河南省信阳商城县，属于大别山区。一个出生在山沟沟里，毫无社会背景的穷人家的孩子，想要

鲤鱼跳龙门，高考几乎是唯一的途径。但杨辉说他的成绩一般，想要考取清华、北大等名校，显然不可能。

1998 年，杨辉在参加高考时，毫不犹豫地在志愿书上填报了西藏林芝农牧学院。不仅录取分数低，而且那年只要被西藏农牧学院录取的考生，都不需要交学费。他为家里省去了一笔费用，毕业后还可以直接分配工作。

都说穷人家的孩子早当家，小小年纪的杨辉已经在为父母分担压力，也为毕业后能为自己谋得一份职业而暗暗做着准备。

为此，他豪迈地把自己交给了西藏，交给了远方。对一个从未出过远门的孩子来说，这显然是个充满冒险的选

择。由于家庭条件的窘迫，杨辉的父母当时也并没有反对杨辉的这个决定。其实他们也并不太清楚西藏在哪儿，到底是个什么样的地方。他们只知道，那个叫西藏的地方很远很远，远到遥不可及，远到让很多人想要抵达却不敢前往。

当杨辉的父母终于踏上西藏这块土地，决定去看看儿子的时候，已经是 20 年之后了，那时的杨辉已经在阿里地区的普兰县任职县委书记。漫长的 20 年，杨辉很少回家，也从不邀请他父母到他那边去。他父母只知道他很忙，但并不知道他到底在忙些什么。有时候，他们也会心生抱怨，

觉得白养了这个儿子。直至有一天，他们真的下定决心飞到了普兰，杨辉把他们安顿在旅馆里，自己又去开会了。一场接一场的会议，一桩接一桩的事儿要去处理，杨辉根本就没有时间去照顾他们。那几天，杨辉的父母除了在旅馆里抵抗高反，哪儿都没去，尤其他父亲，高反的症状特别严重，整日吃不下饭、睡不好觉，后来开始胡言乱语、神志不清，自己也不知道自己在说些什么。

杨辉只得让妻子送他父母回老家。回去后的父母，身体立即便恢复了。杨辉的父母自从到阿里亲身体验了一回高反之后，才对杨辉的抱怨转化成了心疼和敬重。他们一直都不知道杨辉这20多年是怎么熬过来的。那次之后，他们知道了。

但对杨辉来说，这一切都是自然而然的事，既然选择，就得认命。就如爱情，爱了就爱了，说不出太多理由。

杨辉在日土县的9年，当过公安民警，去过农牧局、扶贫办、团委，也干过其他行政工作。9年后，他调到噶尔县工作，6年后又调到普兰县任县委书记。每一次调动，工作强度都在不断增加，肩上的担子和工作压力也在增加。但他毕竟不是神，他是一个人，他也会突然间陷入思念，想和家里人团聚，想回去抱抱儿子，看看父母。但高强度

的工作使得他脱不了身。随着年龄的增长，他感觉自己的身体越来越不对劲。偶尔休假回内地，头几天总是睡不醒，后几天又睡不着，不知道是代谢紊乱还是别的什么原因，总感觉浑身不舒服，站也不是，坐也不是。身体不适又导致了他的情绪越变越坏。去医院检查，心脏没问题，但有“三高”和“三大”，其实，就是典型的高原病。

杨辉说，以前援藏干部和驻藏干部每年的休假时间是四个月。一个人细胞新陈代谢的正常过程是四个月，通过四个月的调整，人体基本就会恢复常态。但是，他们现在每年的休假时间却变成了两个月。纵然如此，对杨辉他们来说，两个月的假期也是奢侈的，大部分时间都还得在原地待命，或者加班工作。有些人，甚至好几年都没回家好好休过一次假，因为事情实在太多，忙得分不了身。

后在大年三十，我给杨辉发了个新年快乐的信息。我以为他们早该回家过年了，可杨辉说，他还在阿里，正在忙着召开会议。他没有回去，其他几个边境县的县委书记也没有回去，假期有时候比工作日还要忙。相比其他人，他们是所有干部当中最回不去的一群人。因为肩负着重任。不是不让回去，而是，他们自己放不下。一种被需要的强烈的责任心和崇高的使命感将他们紧紧拽着。

最了不起的思想，莫过于众生平等。最了不起的智慧，莫过于推己及人。

我要是离开，这里怎么办？生活在这片土地上的百姓怎么办？

虽然，他们都是汉族人，但是在藏地待久了，自然而然就会对这片土地生出一种大爱来。他们早已不是这片土地的过客，而是，一个留下深深脚印的人。

高原严重缺氧，雪又那么冷，把生命拒于千里之外，而你们长期住在这边，就从来没有怕过吗？

怕啥？杨辉大笑，然后，笑声渐息，他安静下来，眼光虚虚地飘向窗外。此时已过午夜，窗外除了黑夜，一无所有。

他说：谁不想过安逸幸福的日子呢？但我们既然已经做出选择，就得好好干下去，为了一种使命感也好，或者，是一分责任心也罢，总之，要对得起自己的内心，也要对得起这片土地。不过，像我们这些从内地过来的人，要在这种地方生存下去，确实是需要些勇气的。不过话又说回来，谁都得经历一边大哭、一边坚强的过程，最后才去慢慢克服人性的脆弱，让自己活得从容自如。

此时的杨辉身上，忽然生出些悲壮的诗意。虽然，他的自述有点像是在说别人的故事，但却已然在逐渐地引我深入他最隐秘的精神褶皱。

在这一刻，我相信我在与另一个杨辉相遇。

莫听穿林打叶声，何妨吟啸且徐行。竹杖芒鞋轻胜马，谁怕？一蓑烟雨任平生……

没有人会在仕途上一马平川，要干出一番轰轰烈烈的事业或者取得某种成就，谁都得熬过一段最艰难的时刻。但，

也有人熬不住的。

20年前的西藏，尤其在高海拔地区，严重缺人才、缺干部。大学生只要愿意分配到藏区，一般都会被重用。那年，有位大学生怀着理想也被分配到西藏那曲的某个乡镇。在简陋的乡镇干部住所里，他硬是克服了海拔5000米高的高原反应，却没能克服寂寞。

据说在那座小镇上，就他一个大学生，就他一个汉族人，所有人都不会说汉语，而他也听不懂藏语，找不到任何一个可以和他交流的人，这让他痛苦不堪。好在房间里还有一台西湖牌老式电视机，在没有网络和微信的时代，那台电视机成了他唯一可以交流的对象。但是，电视毕竟代替不了人。苦熬了几个月之后，那位大学生终于被寂寞击垮。在忽然崩溃失控的那一刻，他砸了那台电视机，然后，逃回内地。从人性的角度去分析，对于那位大学生的行为，我们完全可以理解。

我相信，没有一定意志力和奉献精神的人，真的很难在高海拔地区几十年如一日地坚持下来。

在阿里辛苦工作了20年的杨辉，他一定也是想回到内地去过舒服日子的，谁不想呢？但他选择留下来。每个人来到这个世界上，都有自己要去完成的使命。对于目前的

杨辉来说，当好普兰县的县委书记，干好手头上的工作，便是他当下的使命，也是体现他人生价值和意义的一段重要人生旅程。

在杨辉办公室的一次深夜采访

普兰

在我抵达普兰之前，普兰在我心里只是一种颜色，那是一种很深很深的蓝，接近于黑蓝，用水晕开，你会发现它又是另外一种青绿。我在临习国画的时候，最喜欢用到它。它干净、淡雅，又凝重，能让人获得一种宁静致远的感觉。

当我真正抵达普兰之后，普兰才在眼里变成了真实具体的另外一种存在。但如果要用一种颜色来形容它，那么，也只有普兰这种颜色才最适合普兰这块土地。当然，普兰的命名，绝非因为颜色而起。普兰在藏语里，即为“不让”，在象雄语里有“雪山”之意。“普兰”二字，大概是指被雪山包围的区域。

阿里地区最为著名的“神山”冈仁波齐和“圣湖”玛旁雍措，以及“鬼湖”拉昂措，都在普兰县境内。只有你到过圣湖，或者鬼湖，站在湖边，你才会明白深不可测的湖水的颜色会有多深，有多蓝，这就是国画中常常会用到的神奇的普兰色。

普兰边贸市场，
主要是尼泊尔
和印度商人

以前每次去阿里，都会经过普兰。因为神山、圣湖在那儿。但是，安安静静在普兰这座县城里住下来，是在2019年的7月。

一切皆为缘分。一切又自然而然。

普兰位于阿里地区的南部，喜马拉雅山南侧的峡谷地带，在中国、印度、尼泊尔三国的交界处，总面积12539平方千米，总人口1万人。

在公元初始，普兰就已经是象雄国的中心辖区之一，后来又成为吉德尼玛衮的发迹之地。

1959年以前，普兰被称为普兰宗。

1960年，普兰宗才更名为普兰县，建立了普兰县委员会和普兰县人民政府。

从古到今，普兰一直都是通往尼泊尔和印度的边境县，是经济、文化、宗教交流的一座重镇，也是中国边境贸易和陆上运输的一个重要口岸。

位于两国之间的口岸和边境，总是令人心生好奇。那天，我去了普兰口岸，口岸位于中尼边境的9号界碑。行文至此，不得不说一下位于尼泊尔境内的柚莎村。这是一座奇特又古老的村子，和中国边界仅隔开一条四五米宽的孔雀河，河水沿着峡谷流过，在藏语里也被称为马甲藏布。

孔雀河上有一座摇摇晃晃的吊索桥，桥上经幡飘扬。

那天阳光明媚，当我跨上这座桥，忽然便想起了川端康成在《雪国》的开篇：

穿过县境长长的隧道，便是雪国了……

套用一下，跨过这座长长的吊索桥，便是尼泊尔的柚莎村了……是不是很有一种故事即将开始、帷幕徐徐拉开的感觉？

事实上，跨过桥后，并没有什么故事发生，不过去村

尼泊尔柚莎村

穿过这座吊索桥，就是尼泊尔的柚莎村了

子里转一转，满足一下好奇心罢了。

柚莎村，海拔 4500 米左右，与中国的土地仅隔一条四五米宽的孔雀河。两国人民可以隔河交谈，然而，对于柚莎村的村民来说，要跨过这座吊索桥进入中国境内是相当困难的，有些人也许一辈子都迈不过来。中国对他们来说，是充满神秘又令人向往的地方。在中国口岸这边，现代化的高楼耸立在荒芜的山谷中，显得格外醒目。大楼上高悬着中国国徽和中华人民共和国普兰口岸的标牌，气势雄伟又庄严。而桥那边的尼泊尔柚莎村，却是一片破败荒凉的景象，整个村子都是用石头堆砌起来的低矮的简易房，屋顶用一种彩钢瓦盖住，感觉一阵强劲的山风就会把这些彩

钢瓦给掀走。靠近柚莎村的孔雀河岸，随处可见各种生活垃圾，连路上也到处都扔满了垃圾，村民们在路上走来走去，全然一副视若无睹、事不关己的模样。但看到我们中国人出现，他们会显得很兴奋，一个个围上来，脸上挂起怯生生的微笑，紧盯住我们看。

穿行在狭窄的村道上，发现右边有一栋二层楼高的建筑，应该是全村最豪华的小楼，这就是警察局。锈迹斑斑的铁皮大门随意敞开着，毫无戒备。走进去，有个独立的小院子，尼泊尔警察就在二楼上班。一道破旧的钢化楼梯直接通往二楼阳台，仅容一人通过。爬上去有点忐忑，不知道二楼的警察会不会拿枪把我们顶回来。

没想到，几个警察围上来，笑嘻嘻地友好地看着我们，

尼泊尔柚莎村上空的直升机

不仅没有赶我们走的意思，反倒热情相迎，其中一个还同意我们去参观他们的办公室。办公室虽然简陋得难以想象，甚至还不如我们的工棚房，但这里已经是全村最奢华的地方了。那位领头的警察还非要拉着我跟他拍张合照。中国和尼泊尔的关系一直都处得不错。除了表示友好之外，估计也是无聊，一天到晚守在边境，也没什么事可干。

柚莎村没有机场，却有一架直升机，每隔 15 分钟就会飞过来，在村子边上的一块空地盘旋着落地，然后放下十来个客人，再接走十来个客人，直接起飞回尼泊尔。有点像班车。

闻名世界的冈仁波齐神山和玛旁雍措圣湖都在普兰县，

因此，很多佛教徒到神山圣湖去朝圣，都会选择从普兰口岸入境，而他们坐的就是这架直升机。据说，在没有飞机之前，他们会选择骑马，或者徒步，在路上的时间会花去好几个月。

普兰口岸曾经在 1962 年关闭，沉寂了 30 年之后，直至 1992 年又重新开放。现在，这里是西藏自治区西部对外贸易的一个主要口岸。但几乎没有人选择在离口岸最近的柚莎村入住，因为柚莎村的家庭旅馆、饭店、小店铺和甜茶馆等，都破败不堪，各方面的条件和设施都是又脏又差。村边除了一条孔雀河，就是荒芜狭窄的峡谷，满眼都是乱石堆。

我无意中发现几棵开满粉色花朵的树，带着满树的刺

边境线上的野玫瑰

儿。有人说，那就是野玫瑰。我发现在它们的周边再也没有任何其他的植物，连草都不长。不知道这几棵野玫瑰是怎么从石头堆里长出来的。生命如此顽强。那几树粉色的充满野性的花朵，一直烙在我心里。

回到普兰。

普兰的县城已经被现代文明所洗礼，原有的建筑保存下来的不多，满大街都是钢筋混凝土的建筑。但普兰的传统文化摆在那儿，周边仍有很多遗址可供后人去探索和追寻。

距离普兰县城 5000 米的多油村，至今仍保留着一座古老的白塔。据说，在这里曾经发生过一场惊天动地的战役。从这片战场遗址上走过，会有一种穿越千年的感觉。那天风大，吹起满天黄沙，像有无数人在身边嘶吼、呐喊。

同样有穿越感觉的地方，是在贤柏林寺的遗址上。那片遗址在一处山峦的半山腰，土墙上蜂窝似的布满数不清的窑洞。古旧的楼台悬空伸出，经幡斜挂着，迎风飞舞，像极了一群魂魄在风中招手。那天我在凄风冷雨中经过此地，浑身鸡皮疙瘩。当然不是被风雨给冻得，而是吓得。

遗址下面有一座村子，但我忘了它的名字，离普兰县城不远，跨过孔雀河再往山坡上走一段便是。在那里，我采访过一位 85 岁的老人，她是全村年龄最长的。在藏地，

一般村里的年长者都会受到村里人的尊重，她也是。我们语言不通，村里的年轻人便出来替我们当翻译。她见到我时，稍稍有点拘谨，估计是不知道我想让她说什么。但聊了几句之后，她便放松了，几乎知无不言。

她从隔壁村嫁过来，在这座村子里生活了整整70年，从没离开过。她的老伴十几年前走的，是去另外一个世界了。她的孩子们也离开了，是搬到别的地方去生活了，一年总会回来看她几次，给她捎点吃的用的回来。她轻描淡写地说着，一脸的满足感。

她正说着话，忽然便转移了话题。她笑着跟我说，她其实已经不是第一次接受采访了，有很多次了，每次被问到的问题都不一样。她说你们城里人其实很奇怪的。

也不知道她想到了什么可笑的事儿，突然便掩嘴大笑起来。我们也便跟着她笑。她脸上的皱纹阡陌纵横，阅尽沧桑，枯瘦的手上血管突起，就像榕树四处蔓延的根须。她身上穿的那件黎锦藏袍，灿若云霞，她说那是很多年前她自己织的。她所有的衣服，都是自己织的，从来不花钱买。但现在不行了。她说她眼睛不好，拿不起针线了。

我仔细去看她那件衣服，黑色的底布衬的图案越发鲜艳。上千年的传承啊，从她手里溢出来，如此艳丽的美锦穿在她古老的身体上，就像绽放于夜空中的华丽火焰，感

觉穿上这件艳丽服饰的她，永远可以拥有自己内心的节日。

对了，她还会跳舞。她说那种舞蹈的名称叫作果兰果谐，即一种圆圈舞蹈。发源于普兰县，广泛流传于普兰农牧区，是一种拉手成圈，男女分班唱和，顿地为节、载歌载舞的自娱性舞蹈。

按照她的比画，年轻人试着跳了起来，很有节奏感。我忽然想起这种舞蹈，我在不丹也见到过。可是，当我跟她说出不丹的时候，立即就后悔了，心想她都 70 年没离开过这座村子了，哪还会知道什么不丹。哪想，她指了指喜马拉雅山脉的方向，说：不丹就在山那边，翻过去就是。

她还说：在不丹住着的那些人，其实也都是我们藏族

在普兰牧民家里

人，他们是和我们一样的人。

我忽然对她肃然起敬，真的，有些人走遍世界也并不知道自己是谁，而有些人足不出户，却对外面的世界了然于心。

普兰人口稀少，但地儿大，古今庞杂，几天时间，根本就看不尽，也听不全。

有一件事儿，在离开普兰之前，我一直心心念念。据当地人说，运气好的话，可以在普兰捡到三种小石头。

第一种小石头，色彩、形状都像椭圆的雀卵，凑在耳边摇一摇，可以听见石头中间有水的响声。这种石头也是一种很名贵的藏药。破开卵石，取出水，用来擦拭眼睛，可以使眼睛变得明亮。但，这种石头很少见。

第二种，是四方形状的黑色小石子，藏式数学在演算的时候，可拿来作为数学符号用，此外，也可用在某一藏式的游戏中，充当棋子。

第三种，是颜色鲜艳的红石头，可以作为摆设，供人观赏之用，但不可穿凿成项链佩戴。因为，若在那个红石头上钻孔，石子儿便会立即崩碎。

这三种石头，我都没有遇见，一直念念不忘。每每想起，便念着下次若是再去普兰，一定要去好好找找。

冈仁波齐神山

冈仁波齐是冈底斯山脉的主峰，位于普兰县境内，它不是西藏最高的山峰，但却是世人眼中的“神山”。它同时被印度教、藏传佛教、西藏原生宗教苯教以及古耆那教认定为世界的中心。冈仁波齐的峰顶犹如七彩圆冠，四周如同八瓣莲花围绕，山体如水晶，宛如悬于空中的神秘殿堂。

这座圣洁的神山，虽然海拔只有 6714 米高，相比珠峰相差 2000 多米，但是，珠峰年年都有大量的人登上峰顶，而冈仁波齐峰却至今无人能够登得上去。据说，冈仁波齐是神灵之山，凡俗之人不可侵犯。

然而，世界上总会有那么一些人，抱着所谓的挑战心理，愿意冒着生命危险非要去尝试登顶。

1999 年，有四名登山爱好者坚决不听当地牧民的警告，执意要去攀登神山。结果，去登顶的那四个人，在两年之内，全部离奇死亡。

另外，在 1998 年，曾有一位印度僧人给抵达阿里的俄

罗斯科考人员看过一幅冈仁波齐峰的照片，当时他们齐声惊呼：这不是山，这是一座金字塔！

世界上有很多金字塔。在埃及境内有 34 座，在拉丁美洲有 16 座。但是在西藏的阿里，俄罗斯科学家竟然发现了有 100 多座金字塔。

之后，这批来自俄罗斯的科学家，再次到达西藏阿里。他们发现了世界上最大的金字塔群，为此他们大为震撼。

考察组组长穆尔达舍夫称：在阿里，我们总共发现了 100 多座金字塔和各种古迹，它们分布在海拔 6714 米高的冈仁波齐峰周围……

据那批科学家的粗略统计，坐落在阿里冈仁波齐山周边的这些金字塔，它们的高度 100 米至 1800 米不等。而在埃及，最大的奇阿普斯金字塔也才 146 米。

整个金字塔群非常古老，由于年代久远，损坏得已很

厉害。但是，经过仔细观察辨认，还是可以看清金字塔的轮廓，也可以清晰地看出它们由石头结构而成，有凹面也有平面。与此同时，他们还发现了巨大的石头人体雕像。因此，科学家们向世人宣称：在西藏阿里，存在着大量的主要由金字塔组成的古建筑群。

那么，西藏金字塔究竟有何用途？它们为何外形各异？穆尔达舍夫提出了他自己的看法。

他认为：金字塔到底有何用途，虽然暂时无法知晓，但是，它们有可能与时间隧道之间存在着某种奇特的联系。在金字塔的内部一定存在着很多种可能。也有可能是为了保存和控制能量，先人们单独建造了各式各样的金字塔外壳，并将其拼接到了金字塔上。

这对很多人来说，只不过是耸人听闻的奇论，他这么认为，到底又有什么依据呢？

穆尔达舍夫的推测是，在100万年前，可能是掌握史前文明的亚特兰蒂斯人修建了这些金字塔。据说，那时候的亚特兰蒂斯人身高3至5米，手指间有像蹼一样的膜……

如果穆尔达舍夫的推测成立，那么，不仅西藏历史要重写，整个亚洲的历史也将被改写。迄今为止，谁也无从知晓发生在冈仁波齐峰周围的这些神秘古建筑群到底是因为什么而造，也无从得知冈仁波齐山顶上到底藏有什么解

不开的远古之谜。

最早发源于西藏阿里的雍仲苯教，称冈仁波齐为九重万字山。据说就在九重万字山内，居住着苯教的三百六十位神灵。

藏传佛教则称冈仁波齐为著名的须弥山，是整个世界的中心。在冈仁波齐山的腹中筑有金碧辉煌的宫殿和法轮常转的经堂，佛祖释迦牟尼就曾在此处为各方菩萨讲经说道。

耆那教则把冈仁波齐视为最高之山阿什塔婆达，并坚信他们的创始人瑞斯哈巴那刹，就是在此山获得解脱。

印度教则把冈仁波齐看作是印度教三大主神之一，即法力最大、地位最高的毁灭之神湿婆的天堂。

被称为“神山”的冈仁波齐，自古以来在各教派当中的地位都是至高无上的。每年都会有来自世界各地的朝圣者们不远千里万里来到这里转山，完成他们生命当中最为神圣的宗教仪式。

冈仁波齐从一侧看是圆锥体，从另一侧看上去又像极了一座金字塔。当你选中角度，看见它像金字塔的那个侧面时，会感受到一种来自视觉和心灵的震撼和感动。在那个瞬间，你似乎真的感受到某种奇异的能量从天而降，仿佛与天上之神获得了某种秘密的联接。你会如全世界的信

徒那样，坚信你所看见的冈仁波齐就是一座不可替代的神山，是宇宙的精神中心。

冈仁波齐神山还有一个神秘之处就是，它的山体的阳面，也即它的朝南面，终年积雪不化，白雪永远紧裹着山体，在阳光下永远是光彩夺目、洁白无瑕。而在它的背阴面，也即朝北的那一面，却长年都不积雪，即使在大冬天里大雪纷飞被白雪暂时覆盖，但只要太阳一出来，山上的雪很快就会融化消失。终年都是阳面积雪而阴面裸露，这跟我们的常识恰好相反。

信徒们认为，围绕冈仁波齐神山转上一圈，即可洗尽

一生的罪孽；转上十圈，可在五百轮回中免去地狱之苦；而转上百圈者，即可成佛、升天。

转山的路线分为两条主道，外圈和内圈。外圈是以冈仁波齐为核心的大环山线路，约 56 千米；内圈则绕着神山南侧的小环山路线转一圈，但很多地方都是悬崖陡壁，比大环线要艰辛很多倍。

几个世纪以来，冈仁波齐神山不仅是朝圣者们的圣地，也是探险家们的神往之地。据说在二战时期，德国就派人两次来到西藏。第一次是为了寻找一个可以扭转时间的神奇宝物。至于更多细节，不得而知。而德军秘密入藏的那些资料，绝大部分都在德国投降之后，落入了苏联和美国的手中，被设为绝密资料封存。他们称这些资料将会在 100 年后，也就是在 2045 年才能解封向世人公布。而其中部分资料，则被设为永久性机密。

这让神秘更神秘，传奇更传奇。

我不是一个佛教徒，也不是一个探险家，我只是偶尔路过此地，投宿神山，便为神山的大美所震撼，从而一发不可收拾地爱上这里，近乎迷恋。我跑遍世界各地，唯有冈仁波齐能让我轻易下跪，并为之热泪盈眶。这种感觉，仿佛爱情，却又高于爱情。

将近 20 年，它对我的吸引力从不曾减弱，反而与日俱

增，让我一趟又一趟地跑来这里，与神山会晤，与“神”对话。我相信这里蕴藏着巨大的能量场，它能赋予我不可言说的神奇的力量。

冈仁波齐转山道

有人说，在这个世界上能够有缘走进阿里并远远地瞻仰一下冈仁波齐神山的人不多，而能够出发去冈仁波齐转山的人就更少了。

那天在普兰，和杨辉闲聊，他说他在阿里工作20年，从没去转过一次山，一来手头上的事儿太多，忙不过来；二来身体不允许，担心万一出点啥事儿会很麻烦，不如省点力气和时间用来工作。不过也是，身为县委书记的他，最大的职责和任务是服务好一方百姓，保证边境安全，杜绝一切隐患的发生。其实，在西藏却从没去转过山的，不仅仅是他这种特殊身份的人，我发现身在西藏的绝大多数朋友也都是这种想法，他们没有时间去转山，认为也没必要非去转山。

因此，我一个从杭州过来的女人，跑到冈仁波齐去转山，还一去再去，他们自然会觉得我很不可思议。

相信很多人在了解冈仁波齐神山之后，更想知道的是

冈仁波齐的那条转山道，人在那条转山道上，到底会看到些什么，遇到些什么，如何才能顺利圆满地转完这56千米？

我想，只要你哪天走到冈仁波齐，并且下定决心去转山，你一定会知道，这真的是一条通往天堂的天路，也是一条通往地狱的地狱坡。

李白当年感慨蜀道难，难于上青天，那是因为他从没到过西藏，从没去转过山。相比冈仁波齐的转山道，所有蜀道几乎就是平地。别的且不说，海拔高度摆在那儿，危险摆在那儿。

信徒们去转山是为了一种信仰，信仰的力量是无穷的。而对于我们这些旅行者来说，要在5000多米高的山道上转完全程，拼的却不仅仅是体力，更是意志力，还有一种无所畏惧的精神动力。

神山是一座庙宇，我们的身体也是一座庙宇。在艰难的跋涉途中，我们渐渐看清自己，并获知真相。

在冈仁波齐神山的转山道上，分布着五座寺庙，海拔都在5000米以上，那是世界上海拔最高的寺庙，每座寺庙里都有喇嘛在修行。它们分别为：曲古寺、止热寺、尊珠寺、色龙寺和江札寺。除了几个驿站之外，这些寺庙也是供朝圣者和旅行者们栖身、补给和修整之地。

转山道分外线和内线。曲古寺、止热寺和尊珠寺分布

在外线道上，色龙寺和江札寺在内线。

内线全程 30 千米，从塔钦北侧的河谷逆流而上，从岔路口先到色龙寺，再从色龙寺往前走，绕过因揭陀山，沿着因揭陀山的西侧，一直走到神山脚下，就可到达冈仁波齐山下的止贡噶举派的圣地“十三金字塔”。这里的海拔已接近 6000 米。“十三金字塔”中分别供奉着 17 位止贡法嗣的法体。然后再从这里返回到色龙寺。

在 17 年前的秋天，我到过色龙寺，永远都忘不了的是色龙寺里的那位独自苦修的喇嘛。整座寺庙简陋到空无一物，就他一个人转着转经筒在那儿修行。我们不通语言，但我们蹲在寺庙的墙角说了半天话。那些年，我一直想再去看看，但一直就没去。那么多年过去，也不知道他还在

不在那儿。

从色龙寺出发，再向东翻越一座5300多米高的垭口，就到达江札寺了。

江札寺是直贡噶举派的寺庙，也是神山一带最大的一座寺庙。在江扎寺的主殿大门上挂着一幅布帘，图案是藏传佛教最著名的吉祥八宝图。在江扎寺的周围还有很多充满传奇色彩的神迹：有星罗棋布的泉眼；有奇形怪状的岩洞；有直贡派大师古雅岗巴修行过的城堡建筑；有释迦牟尼在神山给龙王传法时坐过的发台，即一座顶部平秃若台的小山；有直贡坚阿大师、成就者布琼、成就者森格益西、成就者热巴那布，以及众多名僧的修行静室、寝宫和护法殿；有直贡派祖师觉巴·杰丹贡布给僧众授记处的伞状孤峰；有在腹腔中曾经取出过打开转神山转经道的那把神奇钥匙的蛤蟆状磐石等。只要你上山，会发现神山上到处都是神迹，到处都是神奇的传说。

从江札寺再返回塔钦，即完成内线转山。相信此时的你会有一种从传说中穿越回来、重新跌入生活旋涡的感觉。

但是，要去转内线的人，必须先转完外线13圈或者以上，才能有资格去转内线。我也不知道这个规矩是怎么来的。但我相信，所有的存在总有它的合理性的，我们只要去尊重它即可。

13 这个数字，在佛教中有代表吉祥顺利、功德圆满的意思。布达拉宫的建筑正好就是13层，天宁佛塔也是13层。传说在冈仁波齐神山外线转完一圈，即可洗尽一生的罪业，而在释迦牟尼成佛那年，也即在马年去转山一圈，就相当于在往年转上13圈的功德。因此，在马年转山的人特别多。

2014年正逢马年，我也去转了一圈。

几年后再到冈仁波齐神山的时候，我仍然住在止热寺。某个下午，我问仁波切，都说在马年转一圈相当于13圈，那我在马年已经转过一圈，是否就有资格去转内线了？

答曰：不可以。

再问仁波切，他绕着神山转了多少圈。

他说，转山对他们来说就像散步，记不清次数了。

我好奇，仍追问。

他微笑着，安静地反问我：那你能否告诉我，你在你住的小区里到底走了多少步？

那天午后，我们绕着止热寺转圈散步。走一段，停一停，不时望向冈仁波齐雪峰。峰顶灰蒙蒙的，始终被乌云笼罩着，一整天都是山雨欲来的样子，但雨却一直没来，直至傍晚时分，才下起了一场雪。我们之间的几句对话，一直烙在我心里。在我们的生活中，其实有很多道理都是极其简单的，而我们却要花去很长很长一段时间，才能够去懂得和逐渐

冈仁波齐山脚下的塔钦，转山的
起点，也是终点

领悟。

虽说绝美的风景总在险境，想要更近距离地去欣赏和瞻仰神山，去走内线肯定能获得常人所无法看到的风景，同时，也可以完成对自己意志力的一次挑战。但是对于我们这些凡夫俗子来说，没有特殊情况，还是不建议去。完成内线需要翻越很多绝壁和海拔极高的垭口，不确定的风险太大。而全程除了两座寺庙之外，根本就没有驿站可供休整，你想喝杯水都会成问题。向导和背夫更是难以找到，因为很少有人会愿意去走这条路。

还是说说外线。一般人们常说的转山，都是指转外线，大环圈。从塔钦出发往西走，绕着神山转一圈，全程大约56 千米。根据体力和个人走路的速度不同，有些人一天就可以转完，有些人则需要两天，而有些人需要三天。当然，还有一些人，则有可能永远都转不下来。如果是像虔诚的朝圣者那样，五体投地磕等身长头去转山的，那估计就得半个多月，或更久。

记得十多年前去转山，那时候的冈仁波齐是不需要门票的，现在去转山都要收费。在神山脚下塔钦的那个入口处买一张神山和圣湖玛旁雍措的联票即可，每人 200 块。

进入神山的收费点就设在219 国道至塔钦村的岔路上。塔钦海拔 4800 米，千百年来，这里就是转山的起点，也是

终点。转山之前绝大部分人都会选择在塔钦住上一个晚上，在塔钦可以找到当地的背夫或者向导，谈好价格，修整好身体，第二天再上山。

一般出发的时间越早越好，如果你的体力可以，那么一天就能转下来，不需要在中途休息。从塔钦出发，往西方向走 5 千米左右，就是神山入口处，有一根 20 米高的竖旗直冲云霄，缠满五彩经幡，很壮观。再沿着山谷往前走 6 千米，就是曲古寺。这是转山途中会遇到的第一座寺庙。

曲古寺依山而建，就像长在悬崖峭壁上的原始建筑，原称聂布日宗，由瑜伽行者念钦（即聂波大成就者）所建。由于该寺主供自形无量寿佛（曲古）石雕像，故称曲古寺。曲古寺周围的圣迹也比较多，岩壁上有那若巴的海螺和铜锅飞向天空时留下来的印迹；附近还有吉敦泉水；在寺庙下方有象征弥勒佛宫的凸岩、度母脚印和朗钦白浦（大象隐居洞），以及顶髻尊胜宝塔。

看完曲古寺，再往西北方向，顺着狭长的河谷一直往上走，就到了长寿三尊峰，然后再越过拉曲河，继续前行，在前方的阴面处会有一股叫冈底斯甘露的五彩溪水从岩壁上飘然而下。如果想要看见五彩的甘露，就需要在正好有阳光的时候赶到，阴天就是平常所见的普通水的颜色，没什么特别。溪水附近有几座山峰，分别象征着贡崩宫殿、

伴神牦牛和猎狗等。

从曲古寺再往前走大约 7 千米，就能看到几个简陋的帐篷，这里就是第一个驿站。帐篷里提供热开水、酥油茶和方便面。但这里的开水沸点顶多只能达到 80 度，山上风大又冷，烧出来的开水在暖水壶再放一放，估计温度也就只有六七十度左右。因此，千万别指望方便面泡一泡就能熟透。如果你的胃不好，还是吃自带的干粮比较好。一般走到这里，会有一些人接近崩溃，也有放弃不走、知难而返的。那次我就听见另外一个帐篷里有个女孩在大哭，她说她实在坚持不下去了，求她同伴帮助她想想办法，她要立即下山，返回塔钦去。这个时候想返回还是有办法的，虽然会麻烦一点。她还能哭。要是再上去，路就不通了，车子上不来，她就哭也没用了。再说，在这种地方，哭是需要力气的，当一个人在严重缺氧的时候，是想哭都哭不动的。

在这条路上，你会看见一个天葬场，就在冈仁波齐神山东北侧的乱石堆中，被称为是清凉寒林天葬场，据说是阿里地区最有名望，也是最神圣的一个天葬场。当地老百姓都渴望自己在离开人世之后，能把躯体送到这里来进行天葬。这是他们生而为人的最后愿望，也是他们认为的最大福报。

从驿站出发再往前走一段，就是止热寺，也叫哲热普寺。从起点塔钦走到止热寺，正好 20 千米，占全程的一小半。体力好走得快的人 5 小时左右就到了，如果不想休息，可以继续往前。一般人走到止热寺，大概需要 8 小时。计划两天或者三天转完的，正好可以在止热寺休整一晚。寺庙里的条件肯定是极其简陋的，但至少有一间遮风避雨的屋子和有一张床可以让你睡下来休息。住在这里，看北面的冈仁波齐是个最佳的位置。

止热寺的海拔 5210 米，白龙河、仲龙曲和卓玛拉曲三条河流就在止热寺门前汇流而下。

止热寺建在冈仁波齐神山的北边，寺庙和神山以一条河谷为界。河的南边，也就是冈仁波齐神山，正好属于普兰县管辖，而坐落在河谷北面的止热寺，则归属于革吉县

管辖。

2018 年，止热寺建起了自己的图书馆，这应该是目前世界上海拔最高的图书馆。这次去，在图书馆里看到了自己写西藏的几本书和众多的经书摆在一起，有一种感恩和骄傲感油然而生，仿佛获得一种被包容和被爱的力量。

但是在海拔 5200 多米高的寺庙里，要想完全沉睡是不太可能的，只能稍做休整。还需要完成 36 千米的徒步。

第二天再从止热寺出发，大概走上 5 千米，走到快崩溃的时候，你会看到一堆巨大的玛尼堆和经幡，这是一段陡峭的乱石坡。走这段路，非常考验人的意志力。石头上到处都是被人丢下的衣服，有些竖立着的大石头上也被各色衣服盖住，或直接披戴着，看上去像是有很多人站在那

里，那场面很是诡异。这里便是传说中的地狱坡，也有的人说是死亡之地，人在这里经历死亡，或者重生。陡坡旁边是天葬台。

据说路过这个山口的人，只要丢一件东西就表示愿意洗清罪孽或者重新做人。丢掉的衣服代表着丢掉了过去。而有的信徒们则认为，在这里滴上一滴血或者留下自己的一缕头发，效果会更好。

我没力气去想太多，也没丢任何东西。站在这里可以看到另一个侧面的冈仁波齐峰，有一种摄人魂魄的震撼力。但是这里的风实在太大，冻得不行，得赶紧往前走。

不远处会有一块巨大的石头，据说上面有佛的脚印，是当年米拉日巴和苯教的大法师若本琼斗法之地。相传二人为了占领冈底斯而斗法的时候，相遇在卓玛拉山口的这块巨石上，为说服对方皈依自己的教派而互不相让。时间久了，石头上便踩出了深深的脚印。

继续往前走，海拔也在逐渐升高。有两块大石头把路挤得异常狭窄，这里便是罪恶的“检验石”，据说如果一个人作孽太多，则无法通过，善良的好人就能够顺利挤过去。我当然挤了过去。我不认为是因为我个头小，而是，证明了我是一个善良的好人。

再咬咬牙，爬上一段极其陡峭的乱石路，便是5700米

高的卓玛拉山口了，在这里可以看到另一个侧面的冈仁波齐神山，与人离得更近，你直接可以感受到从神山雪峰上吹过来的带着雪水融化的冷劲的山风。但此处海拔太高，不宜停留太久。

然后就是下山路，依然是陡峭的会松动的乱石，估计这也是最危险的一段路，很难想象五体投地磕长头的人，是怎么走过来的。

在乱石路的右侧，就是碧绿如玉的托吉措，意为慈悲湖。湖面海拔 5608 米，传说在此湖中沐浴，就能洗净身上所有的污垢和孽障，从此平安吉祥。但实在太冷。连走近它的力气都没有，哪还敢下去沐浴。只能赶紧撤离。对面的山上有一块岩石，仿如鹰嘴，又好像飞来石，很奇特。

接下来，完全是一段自虐式的徒步，要多虐就有多虐。估计得走上 10 千米左右，才能走到下一个驿站，然后，再走上 9 千米，就会看到尊珠寺，也叫祖珠寺。如果走到这里实在走不动了，也可以在尊珠寺里再住一晚。如果还能咬咬牙，那就继续往前走 6 千米，就到宗堆出口处，然后再走 3 千米返回塔钦。全程结束。

事实上，后面那段路更考验人，因为体力已经在上半段严重透支，没有点毅力真是转不下来的。

被称为“万河之母”的圣湖玛旁雍措

圣湖·玛旁雍措

玛旁雍措，也在普兰县境内。位于冈仁波齐峰东南侧20千米处，在纳木那尼雪峰的北侧。玛旁雍措的湖面海拔4588米，是世界上海拔最高的淡水湖。

佛教经典中只将一处湖泊称为世界江河的“母亲”，也称“圣湖之母”，所指的就是玛旁雍措。

在藏语中，玛旁雍措是指不可战胜之湖。它是中国蓄水量第二大的天然淡水湖，是藏地三大“神湖”之一，也是亚洲四大河流的发源地。在古象雄佛法、雍仲苯教《象雄大藏经·俱舍论》中所记载的四大江水之源，指的就是圣湖之母玛旁雍措，东为马泉河，南为孔雀河，西为象泉河，北为狮泉河。

玛旁雍措也被圣徒们认定是最圣洁之湖，是胜乐大尊赐与人间的甘露，也是所有圣地中最古老、最神圣的地方，是真正的天堂，是众神的香格里拉，是万物之极乐世界。它的圣水可以清洗人心灵中的所有烦恼和孽障。

唐朝高僧玄奘在其所著的《大唐西域记》中，对玛旁雍措也有所描写，他将这里称为西天瑶池。古时在玛旁雍措的周围分布着9座寺庙，东面有止贡噶举的修习之地色瓦龙寺，东南面有萨迦派聂果寺，南面有格鲁派的吹果寺，西南面有止贡噶举大德果仓瓦的修习地果祖寺，西面有莲花生大师的修习地切马寺，西北面有高僧的修习洞，北面有竹巴噶举派的朗那寺和东北面的格鲁派日苯寺。如此，圣湖一度被寺庙围绕。历来的朝圣者也都以到过玛旁雍措转经、洗浴为人生中最大的幸事。

印度人对玛旁雍措的敬仰之情，还因为圣雄甘地的骨灰也曾撒入了玛旁雍措。所以每年夏季，印度、尼泊尔和西藏的香客都会纷纷到此来朝圣、沐浴，以求功德。他们还会将圣湖里的水千里迢迢带回家去，当作珍贵的礼品，馈赠亲友。

圣湖有四大浴门：东为莲花浴门，南为香甜浴门，西为去污浴门，北为信仰浴门。而在楚古寺的周围，又被尊为圣洁的浴场。圣湖四面还有四水之源：东面是马泉河，北面是狮泉河，西面是象泉河，南面是孔雀河。以天国中的马、狮、象、孔雀四种神物命名的这四条河，分别又是南亚著名的恒河、印度河、萨特累季河和雅鲁藏布江的源头。

为尊重和保护西藏各地以及邻国教徒的宗教信仰，中

国政府从20世纪50年代开始，就制定了相关政策，同印度、尼泊尔等邻国签定了允许各教派的信徒们入境朝圣的有关条文及事项，为来自世界各地的佛教徒们的日常朝圣活动提供便利。

藏文古籍《冈底斯山海志》中有这样一段记载：在圣湖玛旁雍措中，有一座广财龙王的龙宫，聚集了世间众多的金银财宝。来到这里朝圣的人，只要绕湖转一圈，就能得到湖中的一条小鱼、一块小石头，或者，一根飞鸟的羽毛，这都是龙王的赏赐。在佛教传说中，玛旁雍措的湖水直接来自神山的融雪，因此，是圣水。用圣水来洗浴，即能清除人们心灵上的五毒和肌肤上的污秽，使人获得纯洁。而印度教的故事里则说，湿婆神与他的妻子乌玛女神就居

住于神山，乌玛女神每天都在玛旁雍措里沐浴，所以，湖水就变成了圣水。

在西藏，早期的苯教徒则称玛旁雍措为玛垂措，传说在湖底聚集了众多的珍宝，于是以龙王之名玛垂命名。曲尼多吉所著的《玛旁雍措概说》这样介绍圣湖的形成：玛旁雍措诞生之前，曾有一位菩萨心肠的国王木崩，在去往丛林的路上，看到了人们生老病死的苦状，便求教于其师：

这些痛苦也属于贤明君子吗？

答道：应属于所有芸芸众生。

国王便请教：如何才能解除这种痛苦？

答道：唯有布施。

于是，国王便下令修了许多房子，并邀请所有贫苦受难者来此居住，且为他们提供了为期12年的温饱。随着烧饭的淘米水愈聚愈多，12年的光阴便成就了这个湖泊。

在印度，它还有一个名字叫玛那沙罗发尔，也称玛那沙湖。在古老的印度经典中有这样的记载：凡是身体接触到玛那沙罗发尔的土地，或者，在它的浪潮中沐浴过的人，将走进勃拉马的天堂；凡是饮过它的水的人，则将升上湿婆的天宫里，并解脱百次轮回之罪孽。

关于玛旁雍措的传说不胜其多。由于它与冈仁波齐一道同为佛教、苯教、印度教所崇奉，所以附着了不同的宗

教和不同的色彩。

无论是来自宗教的传说还是民间的传说，传说终归是传说，玛旁雍措还是那个玛旁雍措，自古以来，她就在那儿，伟大、宁静，与天地同德。到过圣湖那么多次，每一次去，不同的时间、不同的角度，它的美都让我震撼。但我一直找不到合适的语言去形容她。

大美无言。

鬼湖·拉昂措

拉昂措与圣湖玛旁雍措相邻，两湖之间的地带是进出普兰县的必经之路。拉昂措属微咸水湖。由于湖水不能饮用，没有牛羊，没有植物，显得死气沉沉。经常无风三尺浪，像一个阴晴不定的人，说翻脸就翻脸。鬼湖中有一座暗红色的小山，颜色迷离诡异。湖里还有一座小岛，也是暗红色的。行至湖边，卵石滩像一条亮闪闪的银带，镶嵌在湖边。耳畔一阵接一阵的波浪拍岸的声音，仿佛走在深不可测的大海边。

据说在1906年，在拉昂措曾发生过这么一件奇怪事儿。瑞典的地理学家在测量完玛旁雍措的水深之后，曾试图测量拉昂措的深度，但却怎么也测不出来，最终，无果而返。至今为止，拉昂措的深度仍然是个不解之谜。

很久以前的圣湖与鬼湖，本为同一个湖，由于气候变化、湖泊退缩、水面不断下降的原因，一条狭长的小山丘把圣湖和鬼湖一分为二。据说现在仍有一道河槽连接着两湖。

当地老百姓说，它们的湖底仍然是通着的，并坚定地认为，如果有一天，圣湖的水能够沿着河槽流入鬼湖，又同时流入一种金色的鱼和蓝色的鱼，那么，鬼湖的水一定也会变得像圣湖的水一样清甜圣洁。千百年来，与被世人尊称为圣湖的玛旁雍措相比，鬼湖拉昂措一直就受人冷落、排斥。

从空中俯瞰，圣湖的形状像一颗爱心，而鬼湖的形状则像是坐在地上看向圣湖的一头怪兽。当然，“鬼湖”二字也是被后人杜撰出来的，这可能也应验了每个人的心中有神也必有鬼的观念。而佛教徒则认为，拉昂措之所以被称为鬼湖，是因为拉昂措是罗刹王的主要聚集地。另外，在古印度《罗摩衍那的故事》中，诱拐美女斯达的九头罗刹王也住在这里。

三年前的那个冬天，我和两个朋友经过鬼湖时的那段

旅程，让我至今难忘。

那俩朋友是一对情侣，我们仨相约自己开车到阿里，最终目的地是札达。按照原计划，我们先要到冈仁波齐神山脚下的塔尔钦小镇住一晚，然后第二天再到札达去。车子快要抵达神山脚下的时候，我们仨开始讨论是先去圣湖，还是先去鬼湖。因为已经傍晚时分，太阳很快就要下山，我们只能抢在日落之前选择去一个湖。

当时我毫不犹豫地选择去圣湖玛旁雍措。我想赶去圣湖边拍日落，因为我知道在圣湖边有个角度拍日落可以连同冈仁波齐神山也一块拍进去，场面非常壮观。本来，那俩朋友去哪儿都无所谓的，反正鬼湖和圣湖他们都去过很多遍，但听我说要去拍神山和日落，他们便来劲了，硬是推荐我去鬼湖，说在鬼湖有个至高点，站在那儿拍神山上的日落才叫壮观，还说那地儿一般旅行者到达不了。

于是，猛踩油门，一路朝着鬼湖开去。

车子驶入拉昂措的环湖线，天色凝重起来，太阳已经变得很大，眼看就要沉入湖里了。我并不知道离他们所说的那个拍摄点还有多远，只是感觉再过一会儿恐怕连湖面上的日落都拍不到了，更别想拍神山上的日落。我让他们在湖边停一停，想先拍几张。

但车子不停，反而开得更快，朋友安慰我说，就在前

面不远，很快就到了。我只得对着车窗外用手机远远地抓拍了几张。中途，我又请求他们停车，但都被拒绝。车窗外的风景实在太美。我已反复要求他们停车，他们仍然不停，只想抢在太阳落山之前赶到目的地，我只得安静地坐在后座。透过车窗，看鬼湖上的风景，天色将暗未暗的黄昏，夕阳如血，大面积地笼罩在湖面上。冬天的景色本就荒凉，夕阳的光辉铺盖下来，那景象无比凄凉又壮阔，有一种接近鬼魅般的令人恐怖的大美。

不知为何，就在那会儿，我心里升起一种不祥的预感，总感觉有什么事儿要发生。我又一次冲口而出，请求他们停车，理由当然还是为了想下车拍几张照片，担心再过一会儿太阳就完全沉没了。

事实上，那次我已不是为了拍照而请他们停车，而是为了某种预感，但我又说不出来。也就在那时，前后不过一分钟，突然一个急刹，车头响起一记沉闷的巨响，我坐在后座，没系安全带，身体前倾，整个人撞在前座上，鼻子一阵疼，我用手一摸，出血了。好在没大问题，为了避免让开车的朋友尴尬，我赶紧用纸巾把鼻血擦干净。前座的俩朋友已下车，我也紧跟着下车。

只见一头肥硕的野驴疯狂地往湖边奔去。我再回看车头，整个塌陷了。原来那头野驴从左面的山坡上飞奔而下，

一头撞在车前。短短几十秒，正在我们惊愕之际，那头疯狂奔跑的野驴挣扎了几下，在湖边颓然倒地。我们急步跑过去，它已经死了。我从来都不知道，死去的驴子的眼睛居然会睁那么大。它一直睁着，怎么也合不上。我们三个怎么努力，也还是合不上它的眼睛。

他俩轻声争执起来，一个怪对方车开得太快，一定是为啥事分神了。但开车的那位朋友感到很是委屈，铁定地认为他并没有开快车，而是属于正常速度。他说，那头驴不是从路对面跑过来的，而是突然从天而降，他怎么会防

得了呢？

我们仔细观察了车前的痕迹，得出的结论是，野驴从路边的山坡上直冲下来，它不是迎面相撞，这一点从车头的塌陷完全可以判断出来。但是，朋友认为这里的警察绝不会这么认为。藏野驴是国家一级保护动物，撞死一头野驴和撞死一个人在藏地是一样的，都是大事，一旦被抓住，罚款是小事，搞不好还会被关进去。

他们一直在争执。我拍了一张驴的照片，发给一位佛教徒朋友，让她把照片传给丁增南江仁波切。他正在冈仁波齐神山上的寺庙里修行，我请求他为那头驴念念往生咒。我半跪在地上，在驴的尸体前一边念六字真经，一边堆玛尼堆。驴的身体慢慢凉下去，再去合它眼睛的时候，很轻易地就合上了。我宁愿相信，它应该已经去向往生的路上了，留在这里的已是一副皮囊。

我们还是赶到了那个拍摄点，但太阳已经完全沉没了。尽管如此，我还是拿出相机拍了一些鬼湖的照片。神山在远处影影绰绰，湖面起风了，彻骨的寒气驱赶着我们，一分钟都待不下去。我们得趁早离开。

他俩还在争吵。担心路上会被警察抓住，那可是万万说不清楚的，肯定得关进去。我说我来开车吧。我反倒镇静下来。我想，他们都很忙，都有很多事儿要去处理，而

我反正一个闲人，大不了把我关进去。

天黑下去，我握着方向盘，尽量开稳一些。但车子一直在漏水，油也快没了。他们竟然把订在塔尔钦的房间给退了，说为了安全起见，还是决定直接开往札达去住。可是，到塔尔钦只要开车几十分钟就到了，到达札至少也得开三个多小时，如果车子没问题也就算了，万一半路车子坏了，修都没地儿修。开始我还跟他们坚持，为了安全，还是在塔尔钦住一晚再走，无论是车还是人都得修整。但他们还是怕万一有人看见被车撞死的野驴会举报，只要一个举报电话，警察就会沿路盘查，而我们的车被撞成这样，一眼就能看穿，他们还是决定连夜逃走。

既然他俩已经做出决定，我也只好听从。但问题是，车子没油了，我们总得去加油吧。

不能去。朋友态度坚决。在西藏加油，都得登记行驶证、驾驶证和身份证，只要三证一登记，就等于自投罗网。朋友的意思是，可以靠备用油，能开多远就开多远，运气好的话，说不定还能开到札达。

可是，天黑了，路上手机没信号，万一车子出问题，怎么办？我在心里默默崩溃。但还是听从了他们的决定。我们三个人，同坐一辆车，在这蛮荒之地，要是意见不统一，肯定是不行的。

去往札达的路，不像在城里到处会有灯光照明，完全是要摸黑开的。我硬着头皮在黑夜里开了一段，因为不熟悉路况，难免一会儿刹车，一会儿踩油门。为了省油，还是让朋友来开，他的车技比我好，这里的路他比较熟悉。

奇怪的是，在漆黑的路上开夜车，手机信号又时断时续，我心里却一片宁静。有一种直觉告诉我，我们一定能够顺利抵达。

果然，用尽最后一滴汽油，我们在凌晨两点顺利赶到札达。车子停在宾馆门口，再也发动不起来。第二天去修

理厂是被拖走的，灌满了油也还是发动不了，好多零件都已松动甚至掉落，完全处于散架状态。仿佛一个在最后关头拼尽全力把我们送到安全地带然后自己撒手归去的人。想来真是后怕，又满心感恩。

倒在床上，才知道自己累到没有一点力气了，以为很快就能睡着，但却一直醒到天亮。翻看手机里的照片，奇怪地发现，在鬼湖拉昂措拍的照片一张都没有了，好像我从来都没有拍过，而别的照片却都在。赶紧下床，去看相机，也同样如此。但我明明拍过的，先用手机拍，再用相机拍，

但却都一并消失。一个人在陌生的夜晚，慢慢地，惊出一身冷汗。

我想说的是，在这片神奇的土地上，太多的现象都是我们无法去解释和理解的，我相信有些东西我们不一定能够看明白，或者听清楚。你只能去经历它，却不会有答案。

2019年的夏天，我又几次经过圣湖和鬼湖，一切风平浪静，它在蓝天白云下美到窒息。在鬼湖边拍照，我经常神经质似的，突然就去察看一下照片还在不在。后来发现每一张都在，并没有发生任何诡异的事情，遂放下心来。

科迦寺

去科迦寺那天，阳光如佛光般普照大地，洒在科迦寺的红墙、金顶和随风飘扬的经幡上，令人目眩神迷。这是一个古老时代的佛世界。

科迦寺建于公元996年，是全国重点文物保护单位。它开始属噶当派，后来改为萨迦派。科迦寺虽然年代久远，在“文革”时期也曾遭到过人为的破坏，但寺内收藏的文物依然极为丰富和珍贵，有古格王朝时期的金质度母像、响铜释迦像；有《甘珠尔》和《丹珠尔》大藏经，还有整套的《萨迦五祖遗高训》等。

几乎每座古老的寺庙都会有它自己的传说。科迦寺也不例外。先说说它的来历。

普兰地处印度、尼泊尔和中国交界的边境上，经常会有尼泊尔商人或印度僧人云游至此。相传，在千年前的某一天，有7名身强体壮的印度僧人云游而至，参加了当地一场盛大的佛事活动。佛事结束，他们在临行前，特地留

给国王 7 大包银子，国王很惊讶，立即请教 7 位大师，这些银子将如何处置。僧人称，此乃财神“瞻巴拉”赐予此地的非凡妙果，任何人都不能占为己有，应该用来行善积德，可作为造福于众生的供品。

既然是供品，那就得供起来。国王依照神意和僧人的指教，动用了大量的人力、物力，相继在噶尔栋修建了规模宏大的宫堡和色康大经堂，暂时把 7 名印度游僧留下的 7 包银子供于其中。

但国王想，银子毕竟是银子，应该将它们变成佛像供养方可永久留存，也可供世人瞻仰谒拜。于是，国王便将这 7 大包银子又取出来，带到地处中尼边界的谢噶尔仓林，去请一位著名的尼泊尔工匠铸造一尊世间罕见的文殊菩萨像。造像完成之后，国王又去请来仁钦桑布大师为佛像加持开光。

一切妥当，就在运往噶尔栋的途中，忽然听到文殊菩萨开出金口：吾欲依附于此地，扎根于此地。

国王听闻此言，大惊，但迅速喜出望外，尊从佛意，当即下达命令，就在此地修建了一座寺庙，就是现在的科迦寺。

科迦在藏语里有“定居”之意。科迦寺建好之后，便渐渐地有了科迦村。因此，科迦村是因科迦寺而得名。整

座村子宁静、安详，百姓安居于此，仿佛世外桃源。

也有传说科迦寺始建于象雄时期，有两千多年的历史，是一座苯教寺院。最初主供苯教的敦巴辛饶青铜像，在寺院主殿旁的转经筒房中，直到“文革”时期，敦巴辛饶青铜像不幸遭劫。“文革”以后，科迦寺的三世活佛历经艰辛把流失在人间多年的一尊南巴杰瓦铜像请回寺内，当地人坚决认为请回的那尊南巴杰瓦佛像，就是当年敦巴辛饶

的变身。因此，好多藏族人只要见到这尊青铜佛像，便会上前跪拜。现在这尊青铜佛像已经成为科迦寺的镇寺之宝，被秘密收藏，一般人看不到。如果在特殊情况下需要查看，必须由三位管理员同时在场，才可以把锁打开。

说起这尊镇寺之宝，还有一段小插曲，但这不是传说，而是真实的故事。就在十几年前，科迦寺再次遭劫，被偷走的就是寺内最珍贵的那尊青铜佛像。

寺庙失窃，全村人都着急，村主任便派了三个人去追查。那三个人都见过那尊青铜佛像。根据蛛丝马迹，他们锁定是被尼泊尔商人偷走的。因为当地老百姓是绝对不会去偷寺庙里任何东西的，何况是象征着神灵的青铜佛像。果然，

他们在尼泊尔境内的某个街道上追回了那尊佛像，还和那几个尼泊尔人打了一架。幸好派去的那三个藏族人非常彪悍威猛，硬是用智慧和蛮力从尼泊尔人手中生生夺回了那尊佛像。

失尔复得，皆大欢喜。

在科迦寺回来的路上，我们几个自然而然地谈论起这个故事。一路上都在默默开车的那个藏族司机非常好奇，便问：你们是怎么知道的？你们刚刚进去寺庙看到这尊佛像了？为什么不叫我一下，我已十多年没见着它了！

原来，帮我们开车的这位司机，就是当年把佛像追回来的三个藏族人当中的一个。我们瞬间对他刮目相看，他在我们眼里，变得更加高大威猛了。

他很开心，开始绘声绘色地又向我们重述了一遍当年追回佛像的全过程。

真是英雄无处不在。他们追回来的，可是一件无价之宝。为了表彰他们的英勇事迹，他说当地政府给了他们每人 500 元的奖励。但是他们却认为，钱不重要，重要的是，这么多年来，他们心里一直都有一种骄傲感，因为他们追回来的是一件国宝，是受百姓崇拜的神像。

回到普兰县城，我和杨辉说起此事，杨辉也颇觉惊讶，他说他和这位司机认识多年，经常在一起，也一起去过科

迦寺，但从未听他提过此事。

我感觉身为普兰县委书记的杨辉，有这样的百姓，他心里也一定有一种骄傲感。另外一件让杨辉感到骄傲的事情是，普兰县已入选 2019 年中国最美县域榜单。

马庆林和他的疆域札达

边将马庆林

见到马庆林那天，想起海明威的一句话：有的人可以被消灭，但不可以被打败。

马庆林是阿里札达县的县委书记。

本来我应该去札达见他的。但我在阿里的那段日子，他在中央党校参加全国县委书记的培训。2019 年 7 月 16 日培训结束，当晚，他从北京飞回拉萨。7 月 17 日早上，我也从阿里飞回拉萨。本来我想休整一天，18 日再和他见面。但飞机一落地，刚打开手机，他的电话就进来了，他说他已经到了拉萨，等我过去见个面，他就得赶回札达去。

我从机场急匆匆赶往拉萨市区，就在宇拓路上的那家猫屎咖啡馆里，我们见了一面。

那家咖啡馆卖得最好的是猫屎咖啡，服务员极其热情地推荐他也来一杯。他没有拒绝。估计是不太好意思拒绝。

咖啡做好了，是和一堆小器具一起端上来的。他愣了愣，对服务员说：我没喝过这玩意儿，我不会弄这些的，你直

接帮我倒杯子里就是。

他又向我讪讪地笑着，有点抱歉的意味，说：实在不好意思，让你一下飞机喘口气的时间都没有，就赶过来见我。但我实在是没时间，札达还有一大堆事儿在等着我回去处理。

马庆林出生于1971年。“70后”的他，满头灰白的头发。我差点以为他已到快退休的年纪。但立即，我从他的行为举止和谈话的内容以及他的语速中可以看出，他并不老。他不仅充满活力，而且思维敏捷，说话的逻辑性非常强。能感觉得出来，他是位遇事果断、举重若轻的人。他只是操劳过度、焦虑过度。

和绝大多数的驻藏干部一样，他也是个身居阿里的“单身汉”。他的父母和妻儿都在内地。

虽然一家人两地分居，但日子过得还算凑乎。他轻描淡写地说着。

你父母身体都还好吧？

我父亲走了，去年春节走的，现在都还没有下葬呢。他叹息着，低下头去，端起杯子。但他并没有去喝咖啡，只是完成了一个低头啜饮的动作。

我算了下时间，去年春节至我们见面这一天，正好满一年零七个月。我很难想象一个老人去世一年零七个月，

居然还没有被下葬。在我们中国，不是还有入土为安这个说法吗？为何这么久还没下葬？

是出什么事儿了吗？

没出啥事儿。他说，实在是没有时间，回去选墓地、举行丧葬仪式等，都需要时间，我抽不出这么多天。

那你父亲的骨灰怎么办？

骨灰盒就寄存在殡仪馆里，等我有时间了，就回去买块墓地，再去那边取出来。

我在心里感叹不已，已经不知道说什么好了。我尽量克制自己，没有在他面前表现出过于惊愕的表情。但这种事情，于我绝对是闻所未闻的，它比传说更像传说。但它却是真实的。

一个当了县委书记的儿子，竟然连自己的父亲死了一年零七个月都没有时间回去处理后事，连买块墓地的时间都没有——这应该算得上是人世间最为残忍的事情之一了吧——他还当什么官？不如解甲归田，回去多陪陪亲人。

我想，要是换作我，不，是换作大多数的人，都会弃官而去。一个人连父亲的后事都办不了，当这个官还有什么意义？

——然而，这也不过是我们认为的、存在于小我意识里的所谓的意义。对于马庆林来说，他所认为的意义一定

不只停留在这些小我的意识里。身为一个官员，尤其是一地方官，他所存在的意义，更多的是为他人、为事业、为某种使命、为社会的发展，而非为他个体。在他看来，个人和家庭即为个体，在国家利益和社会使命面前，个体是完全可以被忽略的。

造福于民，成全他人。这是身为一方官员的马庆林认为的生而为人的重要意义和价值观。

都知道阿里遥远偏僻，条件又艰苦，即使最近几年路都已经修好了，机场也建起来了，但，海拔高度摆在那儿，恶劣的气候摆在那儿，对于普通游客来说，要鼓起勇气去

一趟阿里，都需要准备好久，甚至一辈子都积攒不了出发的勇气。而当年的马庆林，却主动选择了阿里，且一待就是 26 年。他还将继续待下去，直至退休。

马庆林毕业于西藏自治区农牧学校。少年时的他，初中第一次翻看中国地图，知道了地图上大公鸡屁股下面那个圆点，就是西藏阿里日土县，自此“日土”这两个字便深深烙在了他的心中。他从没到过日土。但这张地图上显示，日土是最偏远的边陲，再过去就是印度了。

他说他当时的心里只有一个想法，那就是早日参加工作为家庭减轻负担！

——想法很朴素。但多少带点孤绝的悲情的把自己置于死地而后生的意味。

分配工作之前，他并没到过阿里，但他不会不知道阿里的山高路远和艰苦。路漫漫兮上下求索，任重而道远。对于一个男人来说，总还是想要有点理想和追求的。

冥冥之中仿佛老天与他结缘，果不然他被分配到了阿里，在平均海拔 4300 米以上的日土县工作了整整 17 年。后来调到海拔 4500 米的改则县，又工作了 3 年。再后来，被调到 4000 米高的札达县，担任札达县委书记，至今刚满 6 年。前后在阿里的日子加起来正好 26 年。他没离开过阿里，仿佛一棵树，硬是把自己扎根在了阿里这片高远、深沉的

土地上。

到今天为止，马庆林已经在札达县任职了6年，但他对日土县的记忆还是特别深。那是他初到阿里，并在这里生根发芽的地方，也是最漫长的日子。

那时候的日土根本没有菜市场，只有五六个小店铺，物资少得可怜。有一年春节，他没回家，就在日土过的年。单位给他们发了点年货，五个辣椒、两个苹果，外加两瓶拉萨啤酒——这些，就是他在日土过年的全部福利。

在举目无亲的日土，好在他的身边还有几个同事和一些当地的老百姓。他开玩笑说，那时候的他吃的就是百家饭。每天下班看到哪家烟囱冒烟了，他就跑过去；给哪家同事帮忙挑水、做些家务什么的，人家就留他吃点东西……为了吃饱饭，他觉得那时候的自己，很像一个乞丐。但如今回想起来，他并不觉得那个年代有多苦，反倒觉得那是他最为快乐的时光。大家一起吃饭，一起劳动，一起面对困难，一起解决问题。在一个又一个简单的日子里，总有理想在不远处闪着光。

他说：那时候的日土没有电影院，没有电视机，没有咖啡馆，没有任何的娱乐场所，连个手机都没有。那时候的自己，也没什么想法，单纯得很。因为简单，幸福指数就很高。

我相信，任何一个人在任何一种情况下，他总会看到光，会怀念所有经历过的这些曲折和磨难，就像一首歌里唱的那样：我爱这艰难又拼尽全力的每一天……我也相信，当一个人在拼尽全力的时候，心里总是会想着让某些梦想落地生根，变成现实生活中的一部分。

马庆林是在 1994 年结的婚，妻子是他高中同学。结婚那年，也就是他分配到阿里工作第二年。妻子则留在拉萨羊湖电厂工作。

后来他们有了个儿子，儿子和妈妈一起住在拉萨。可就在儿子 10 岁那年，被诊断出类风湿性关节炎，免疫系统遭到严重破坏——这对马庆林一家，无疑是沉重的打击。

病，虽然不及生命，但很难治愈。当时拉萨的医术和药物都跟不上，只能把儿子送回内地去治疗。但夫妇俩的工作还是要接着干下去，他们只得把儿子送到乐山他哥哥家里去寄养。

安顿好儿子之后，马庆林回到了日土，他妻子一个人回到拉萨。没有儿子在身边的日子，他妻子就更加孤单了。虽然拉萨和阿里都属于西藏，但从拉萨到阿里再到马庆林所在的日土县，将近 1600 千米。而且，那时候的路不好，要跑去千里之外见一次面是件极不容易的事。

他妻子独自一人又在拉萨度过了两年。对一个女人来

说，这两年的每一天都是煎熬，都是忍耐。她一边想着马庆林，一边想着她儿子。心想着，如果再不调在一起，她和马庆林都老了。但她身体不好，日土县海拔又高，她害怕自己会高反，思前想后，她还是咬咬牙，向上级提出要求。她想，无论如何都要调到日土去，死也要跟马庆林生活在一起。

夫妻结婚 17 年，两地分居 17 年，现在主动提出来要往更艰苦的地方调，于情于理都是说得通的。

调令很快下来了。她顺利地调到了日土，终于和马庆林生活在了一起。就像童话里的结尾。从此，王子和公主幸福地生活在了一起。然而，那只是个童话。童话可以画上句号，因为故事结束了。而她和马庆林的生活在继续，或者说，才刚开始。

他们在一起仅仅生活了 4 个月，突然一纸调令，把马庆林调到了改则县，硬生生又把两人给分开了。

改则县的海拔更高，马庆林调过去后，他妻子一个人在日土哭了好几天。再次毅然决然地，要求跟着调过去。海拔 4500 米高的改则县，已经不太适宜人类居住，何况又是一个身体虚弱的内地女人。但马庆林的妻子管不了那么多了，她只想和马庆林在一起，过一天，就是赚一天。

费尽几番周折之后，总算又调成功了。

但是，生活再次跟马庆林的妻子开了个玩笑，她刚刚调到改则县，马庆林就被抽调到中央党校去学习了一年。那一年，马庆林在北京，她独自一人住在海拔 4500 米高的改则，恶劣的环境使她受尽折磨，几次因心脏疾病晕倒，幸好都被同事发现，所幸无事。

当时改则县的县委书记实在看不下去了，怕出事，跑去做她思想工作，劝她尽早回内地休养。但她硬是咬着牙，坚持要等到马庆林回来。

一年后，马庆林回到了改则县。接下来的那两年，至少在名义上是马庆林夫妇结婚二十多年以来，在一起度过的最长的一段时光。但实际上，那两年的马庆林东奔西跑

忙着下乡调研、考察、开会、写材料，经常不回家，两个人也是聚少离多。

两年之后，他们再度过起两地分居的日子。马庆林这回被调往札达县。而他妻子的身体状况日益糟糕，显然已经不能够继续在高原待下去了，只好办理了病退手续，回到老家去养病，同时，也把儿子接回来自己照顾。

回到老家后，他妻子不仅要照顾患病的儿子，还得照顾两位年迈体弱的老人，想来也是不容易。这个家多么需要马庆林回去。

2018 年，妻子生病，马庆林利用休假时间急匆匆跑了回去，陪妻子去做了个手术。没等妻子出院便搭上了返程的飞机。他真的没有更多的时间陪妻子了，有更重要的工作在等着他回去……

不知道那天，他在告别妻儿和母亲回札达的路上，到底想了些什么。他的意志到底是有多坚定，才能丢下他病中的妻儿和年迈体弱的母亲，以及还没入土为安的父亲的骨灰，而一意孤行地朝着他自己当初的选择如此执着地一路走下去。

他一直都在负重前行。每一步都带着孤绝的拷问和鞭打，每一步都在自我修整，取消犹疑。马庆林自己的身体也不好，由于长期待在严重缺氧的高原，他的肝脏和脾都

比常人大出一倍多。

要逃避痛苦和煎熬最常见的方式，或许就是让自己躲进未来。马庆林是个乐观的人，他对他的未来又有了新的打算。他说，等到他退休后，就回家去和他父母妻儿厮守在一起，好好照顾家人。他会在都江堰为他父亲买一块好点的墓地，以后，他和他家人养老的房子也买在那儿，离他父亲的墓地近一些，这样，他每天都可以去看望他父亲，弥补他生前没能多陪陪父亲的缺憾。

他说父亲生前曾经是位劳模，性格刚直，对事业忠诚。在他上任札达县委书记的时候，他父亲曾这么跟他说：你在一方为官，就得为那一方的百姓造福，家里的事你都不用管，要当就要当个好官，可别给我们马家人丢脸。也正因如此，他家里有个啥事儿，一般都不会告诉马庆林。

那些年，他父亲对家里人说得最多的一句话就是：儿子在那边不容易，我们都要支持他，别给他添麻烦。

父亲的思想一直引领着马庆林，也鼓励着他一路前行。

“我这一生，基本上都按我父亲说的去做了。”马庆林自豪地笑着，“我父亲不会怪我的，再过几年，我就退休了，等我退休了我多去墓地陪陪他就好了……”

然后，他低下头去，喝了口咖啡，沉默下来。

马庆林调到札达县，是 2013 年 5 月。他在札达调研了

两个月。7 月份换届，才正式担任县委书记。

那一年的札达县城只有一条路，从象泉河开始到札达公园，又臭又脏，路两旁污水横流，几家商铺的门前从来就没人打扫，满地都是塑料袋、烟头和各种垃圾……大家都没有环保意识。

刚上任的马庆林，时常在这条路上走来走去，走了无数遍，也想了无数的点子。他利用空余时间，走访了周边的村子和乡镇，也探访了札达境内的所有的自然景观。

最后，他得出一个结论：札达要发展，靠农需产品显然是行不通的，这里啥都不长。要搞好发展，唯一可以靠的是旅游。要搞好旅游业，必须从札达县城开始打造。在

打造县城之前，首先要治理环境，让更多来这儿旅游的人都有一个休息停留的好环境。只要有人来这儿旅游，吃、住、行配套，札达就有商机，就有发展的机会。

但是，钱呢？

打造县城和治理环境都得要钱，而且是大笔大笔的钱。这么多的钱他去哪儿弄？这是个大问题。

经过反复思考，马庆林的心里渐渐有了点谱。他想着，只要肯下苦心，面包总会有的。无论如何，首先要把环境先弄整洁了，还要形成一个好的体制。

他从头做起，从我做起，从小事做起。环卫工人不够，他就带头去捡垃圾，并把身边的人全都调动起来，成为业余的环卫工人。

但，总会有人偷懒的。多少年的习惯要突然改变过来并不容易。马庆林在会议上公开宣布：每个人走在路上，只要看见路上有旧塑料袋、废纸片、可乐瓶、一次性饭盒等垃圾，都得捡起来，扔进就近的垃圾筒里。要是让我发现路上明明有垃圾却假装视而不见走过去的人，都严肃批评进行通报。

那段日子的马庆林，上下班走在路上，没事儿就在街道上转悠，捡垃圾。

据说好长一段时间，他的同事走在街上，总会条件反

射似的，突然回过头去看一看，看看他们的书记是否正在背后盯着自己。有人开始在背地里悄悄称马庆林为“捡垃圾书记”。

札达

札达县平均海拔 4500 米，位于西藏西部、阿里的西南部。它的东南与普兰县为邻，东北与噶尔县相连，北部、西部、南部与印度为界，是阿里地区的边境县之一。总面积 27054 平方千米，人口 6000 多人，是全国人口最少的县。共辖 1 个镇、6 个乡。县政府驻地在托林镇。整个托林镇人口约 1700 人。

札达原为扎布让宗和达巴宗属地。

1956 年 10 月两宗合并，设立札达宗办事处。

1960 年 5 月，撤销札达宗办事处，建立札达县。

札达县境内著名的景点主要有：札达土林、托林寺、古格遗址、穹窿遗址、皮央·东嘎遗址、霞义沟等。境内有大小河流 14 条，其中象泉河横穿札达县境内。象泉河是阿里地区的第二大河流。在冈底斯山脉主峰冈仁波齐西北坡，有一处泉口，形状如大象卷水，从这里流出的河流，被人们称为象泉河。象泉河在藏语中亦被称为朗钦藏布，

源于冈仁波齐峰西侧，从喜马拉雅山和冈底斯山中间向西北方向流去，经过札达县城，流过印度国境，最终汇入印度洋。同时，它也是印度苏特里日河的源头。

札达原本没有路，从外部进入札达县城，就是沿着固有的车辙在山谷间迂回穿梭，奇形怪状的密集的土林就那样伴随着你，浩浩荡荡几十千米，蜿蜒的象泉河水就在土林的峡谷中流淌。

车子进入土林，必须减速，一来急弯太多，二来土林太美，宛若置身于仙境，感觉自己在一个奇幻无比的世界中梦游、穿梭。

当晨光或晚霞照耀在一望无际的土林时，你会看见无数的城堡、碉楼、宫殿……参差嵯峨，仪态万千，仿佛那些宫殿和城堡里就驻扎着天兵天将，只要一声令下，他们就会从天而降、奔腾而至。然而，除了风声和自己的喘气声，天下一片寂静。死一般寂静。

如果你从未到过札达，请你一定要去看一看，你绝对不会失望；如果你有心魔，也请你去札达走一走。不知道你有没有看过《皮绳上的魂》这部电影，讲述了一个死而复生的猎人，经由活佛点拨之后，一路降服心魔，最终带着圣物天珠走进了莲花生大师的掌纹地。而那个掌纹地的拍摄地，就在札达土林。只有到过那儿的人，才会知道，

现实中的札达土林其实比电影镜头更魔幻，也更令人震撼。

据说，在很久很久以前，札达一带原是一片汪洋大海，蓝天之下只有水、风和稀薄的空气。不知从哪天起，无边无际的土林从海里渐渐冒了出来……

虽然，这只是个美丽的传说，但细想一下，也含有一定道理。据科学家考证，这里曾经是一个方圆500千米的大湖，是喜马拉雅山的造山运动，导致了湖盆升高、水位递减，而露出水面的山体在历经风吹、雨打、日晒之后，被大自然之手鬼斧神工般地雕琢成了眼前这般景象。

托林寺

在札达土林的中心部位，也就是在札达县城的西北边，象泉河畔，有一座古老的寺庙，叫托林寺。

托林寺是古格王国在阿里建造的第一座佛寺。始建于北宋时期，大约在公元996年，由古格王国的国王益西沃和佛经翻译大师仁青桑布，仿照前藏的桑耶寺设计建造。1996年被列入国家一级文物保护单位。

古格王在开国之时，就已经确定了要尊崇佛教，以教治国。而当时的藏地，佛教虽然开始复兴，却仍然一片混乱。第二代古格王益西沃为了拨乱反正，下令兴建了托林寺。

托林寺建成之后，在益西沃王的推动下，逐渐成为当时阿里地区的佛教中心。

托林寺的地位，无论在藏族历史还是在宗教历史上，都有着举足轻重的意义。古格时期最著名的人物益西沃、阿底峡、仁钦桑布等，他们的故事也都和托林寺有关。托林寺凝结了印度、尼泊尔和拉达克匠人的心血，也是三地

的建筑和佛像风格的集大成者。

完好时的托林寺由迦萨殿、白殿、十八罗汉殿、米勒佛殿、护法神殿、阿底峡殿、仁钦桑布译师殿，以及众多的僧舍、佛塔林构成，规模相当宏大。而如今的托林寺，已经很难从遗存的断墙残塔中窥见当初的规模与格局了。在“文革”时期托林寺也同样遭到过一定程度的破坏，但好在正殿被当作了粮仓，因而逃过一劫，没有完全被毁。正殿内的壁画至今仍然保持得很完整，栩栩如生、令人赞叹。但是，藏地的佛殿建筑一般都只开小窗，室内的采光很不好。

据说，在寺庙周围的废墟里，至今还有许多遗物，运气好的人会捡到宝。反正我从没碰到过。每次去都是迎面而来的黄土、沙尘和漫天飞扬的经幡。也有经幡在地上飘的。

有一次散步，走着走着就走到了托林寺外面的废墟上。古老的塔林里布满经幡，风一吹，它们就在地上翻滚舞动。各种姿态，像无数的影子在跳跃、在摇头晃脑、在迎风叹息……那场景极其诡异，很难用语言去描述。此刻想来，仍有置身梦境的感觉。

托林寺自创建至今，出现过许多高僧大德。它的早期属于宁玛派，后来皈依噶举派。15 世纪，古格阿旺扎马担任法台时，又被改成了格鲁派。1618 年，曾迎请第四世班

禅罗桑·却吉坚赞来寺庙为信徒传法。17 世纪，第 7 世达赖喇嘛格桑嘉措将托林寺改为色拉寺的下属分寺，并派遣赤钦阿旺为托林寺法台。此后从色拉寺每三年轮换法台，以及随从 15 人，已成定制。

托林寺内的主供佛为堆松桑杰，主护法神为贡布和白登拉姆。托林寺曾经香火旺盛、僧侣众多。直至 1950 年，

仍有僧侣 60 人。

就在马庆林任职札达县委书记期间，据他调查统计，托林寺的僧人只剩下了 9 个。他说，除托林寺之外，历史上遗留下来的寺庙在札达县还有很多，但僧人却不多。有的都已成了“拉康”。“拉康”，即没有僧人的寺庙，仅仅只是当作历史文化古迹来保护。也有的僧人主动要求还俗。问其原因，说是现在政策好了，各方面条件也都比以前好许多，没必要再去出家为僧。当然，也听说过有劝僧人还俗，却宁死不从的。

每个时代都会有各色各样的人，也有各种各样的僧人。至少在这个时代，想要做个俗人，或者做个僧人，选择权只在你自己。

托林寺共有附属寺 25 座，分别属于萨迦派的有 5 座，噶举派 3 座，格鲁派 17 座，几乎遍布阿里整个地区。可以想见，当时的佛教世界曾经拥有过它的鼎盛时期，而托林寺无疑起到了主导作用。

每次到札达，我都会去托林寺转一转，偶尔进寺去点个灯。

有一次，我一位朋友开车到札达的路上出了车祸，心惊胆战地跑到托林寺，对着主殿磕了 108 个等身长头。我也跟着一起磕，但实在太累，坚持磕了几个，遂罢休。无

事可干，便和另一位朋友去点灯。

一位 40 岁左右的喇嘛，风一样跑进来对我们介绍：大灯 10 块，小灯 5 块，如果点多一些，价格可以商量。

朋友问：点多少盏为好？

那喇嘛说：当然是越多越好。

朋友便在那儿和喇嘛讨价还价。

我有点纳闷，怎么可以在佛堂里跟一个出家人去讨价还价的呢？

当我把这个细节转述给马庆林听的时候，他笑着说：时代在变，俗人的观念在变，出家人也会跟着改变的嘛。

是的，一切都在翻天覆地地变着。

如果你曾经到过札达，那么现在去，它又变了，是惊人的巨变。你很难想象一座人口仅 1000 多人的托林镇，竟然已建起了好几座星级宾馆和博物馆，每一条街道都一尘不染。垃圾绝不会被丢弃在路面上，哪怕有人不小心丢弃，也立即有人会去捡起来丢进垃圾筒里。

改造一座县城，从弯下腰去捡垃圾开始。马庆林的行为，无疑感动了大多数人，也感动了上级领导。

把一座县城重新打造成现在的模样，马庆林投入了他全部的激情和爱，和无数个日夜的煎熬。他也始终坚持并相信，无论多么伟大的事业和工程，都得从小事做起，从

细节抓起。如同一座宏伟的建筑，你必须从一块砖、一片瓦开始，一点一点地垒起来。当然，你还需要投入爱与激情，以及无数个日日夜夜的煎熬和付出。

古格遗址

到札达，不可不去的地方是古格遗址。它在札达县城往西大概 20 千米处，紧挨着札不让村，开车过去半小时左右。

古格王朝的历史距今已有 700 多年。古格的神秘之处在于它一夜之间彻底消失，10 万古格人全部消亡，没有留下一个后裔，连蛛丝马迹都没有。甚至在长达 300 多年的历史长河中，居然没有人知道古格这个名字。在历史上，它几乎是不存在的。

直至 1912 年，也就是在它消失大概 350 年之后，有一位英国的考古学家叫麦克霍斯·雅，有一天，他从印度沿着象泉河溯水而上，来到阿里札达探险考察，无意中发现了古格遗址的存在。从那之后，沉寂的古格重新被人记起。探险家、旅行者、摄影家和艺术家们也都纷至沓来，走进古格遗址探奇访幽。

但至今为止，古格王朝的消逝，仍然是个未解之谜。

1985年，西藏自治区文管会组织的考察队，也开始进入古格。他们用了十几年的时间，进行了各种考察和实地测量，为我们留下了一些数据：古格遗址的总面积约为72万平方米，房屋遗迹445间，窑洞879孔，碉堡58座，各类佛塔28座，大小粮仓11座，供佛洞窑4座，暗道4条，武器库1座，石锅库1座，洞葬1处，壁葬1处，木棺土葬1处。

古格的雕塑多数为金银佛教造像，其中成就最高的是被称为古格银眼的雕像。而遗存数量最多，最为完整的却

是古格的壁画。古格的壁画全面反映了当时社会生活的各个方面，气势宏大、风格独特。壁画中所绘的人物性格异常突出、用笔洗练，具有代表性的是那些丰满动感的女性人物，她们雍容华贵、衣袂飘飘。由于所处特殊的地理位置，以及受到多种外来文化的影响，古格的艺术风格明显带有一些克什米尔和犍陀罗艺术的特点。

现在的古格遗址，从山麓到山顶高度大约300米，残垣断壁的建筑群和土林的颜色混为一体，几间寺庙除外，全部房舍的顶部都已坍塌，只剩下一道道耸立着的土墙。遗址的外围建有城墙，四角设有碉楼。整座遗址建在一座小土山上，可以俯瞰汪洋般的土林。建筑分为上、中、下三层，依次为王宫、寺庙和民居。在红庙、白庙及轮回庙中，保存着一些精美的壁画和雕刻造像。

据说，古格盛产黄金和白银，在札不让、托林寺、皮央、东嘎等处都发现过一种用金银汁书写的经书，而且出土数量极大。我也曾亲眼见过这种经书，以古老的藏文字书写在一种略呈青蓝色的黑色纸面上，用金汁或银汁书写，奢华程度无以复加。

这次到阿里，有位朋友请我吃饭，他以为我第一次走进阿里，万分激动地向我描述起阿里的神奇和神秘，尤其是古格。他说古格脚下有个神秘的村子，那儿的村民不放

牧，也无地可种，严重沙化的土地也种不出庄稼，他们就靠收集风沙金过日子。后来，我和马庆林闲聊，顺便问起那座神秘的村子，以及那些收集风沙金度日的村民，是否真有此事。

马庆林当场笑到岔气，说：古格下面就一座札不让村，再没别的了。要是真有风沙金，那不天上掉横财吗，还用得着我们这么操心？

居然连村子也是杜撰的——我哭笑不得，真心佩服那位朋友的虚构能力，他真应该去写科幻小说。同时我也不

得不佩服一下自己的单纯和幼稚。行走在这片到处都是“神迹”和传说的土地上，久而久之，一个人真的会变得什么都信，或者，什么都不信。

从 2005 年开始，我到过古格好几次，也就到过札不让村好几次，因为那座村子和古格遗址是紧挨着的。札不让村只有十几户人家，但这些人，据说都不是古格后裔，都是后来从外面迁过来的，他们守着古格这个未解之谜，自己也成了人们眼中的谜。

所有人都在追问，拥有如此灿烂文化的庞大的古格王

国，怎会一夜间说没就没了呢？

古格王朝的前身，可以追溯到象雄古国。而古格王国的建立，大概是在吐蕃王朝瓦解之后。从 9 世纪开始，直到 17 世纪结束，前后世袭了 16 位国王。它是吐蕃王室后裔在西部阿里建立起来的地方政权，其统治范围在最鼎盛繁荣的时期，甚至遍及阿里全境。它不仅使吐蕃世系得以延续，也使佛教在吐蕃时期瓦解后，重新又找到了立足点，并由此逐渐达到全盛。因此，古格王朝在西藏的历史上具有极为重要的意义。

在吐蕃王朝末代，也就是到了赞普朗达玛时期，开始下令灭佛毁寺，不少避难的僧人远遁阿里。因阿里地处西部边境，深受印度的影响，加上又是苯教的发源地，所以便成为各种思潮和各种力量的汇集之地。

公元 843 年，赞普朗达玛被一位僧人所刺杀，遂内战纷起，4 年后，又遭到平民起义，吐蕃王朝彻底崩溃。之后，出现过大小不等的 7 个王国，西藏曾一度处于藩王割据的局面。

朗达玛的两个儿子奥松与云丹，也为争夺王室而开始相互斗争。奥松之子贝考赞后来被奴隶起义军所杀。贝考赞的儿子吉德尼玛衮将阿里分为三份，均分给他的三位儿子。古格王国，即为他的第三子德祖衮的封地。

古格王国的统治中心在札达象泉河流域。北界可达克什米尔境内的斯诺乌山；南界为印度；西邻拉达克；东面的势力范围曾一度达到冈底斯山麓。其都城札不让，位于现在的札达县城往西 18 千米的象泉河南岸，也即现在的古格遗址。

古格王朝在西藏的经济和文化发展史上，也占据着极为重要的地位。当时古印度的许多重要佛教教义就是从这里传入西藏腹地的，而这里又是古代西藏对外贸易的重要商埠之一。

在 17 世纪的时候，古格王国已经有西方过来的传教士，当时的古格国王和古格的宗教领袖——其实就是国王的弟

弟，两人之间的矛盾比较深。为了巩固自己的势力，古格国王开始借助西方传教士的力量，想削弱西藏佛教的影响。

1633 年，僧侣们发动叛乱，古格王的弟弟勾结了与古格同宗的拉达克王室，利用拉达克的军队攻打古格都城，企图推翻古格王朝。

于是，一场残酷的攻坚战从这里打响。

而建在一座山上的古格王宫，是当时西藏防守能力最为强大的建筑。整个王宫只有一条隧道可以通往山顶，要从这里攻打上山几乎是没有可能性的，因为别的地方全都是悬崖。战斗持续了很长一段时间，拉达克使出一计，让古格的老百姓在半山腰上修建石楼，他们想着等这座石楼筑得和山顶一样高的时候，就可以拿下古格城了。

古格的老百姓忍受着饥饿和羞辱，没日没夜地替拉达克人背石头、筑石楼，稍一怠慢就会遭到皮鞭抽打和杀头之灾。锋利的石头磨破了百姓们的背部，刺进他们的皮肉，惨叫声不断传到山顶。仁慈的古格国王终于听不下去了，为了挽回百姓的生命，免于遭受皮肉之苦，他毅然做出了投降的决定。

然而，国王的投降并没能换来百姓的解脱，古格遗址下面的那个无头干尸洞就是证明。

走到古格一般都会去看一看这个干尸洞。初次进来的人会有些难找，可以去问一下看门人，他会指给你方向，偶尔也会带你去。从古格入口处，往山脚下步行，大概十几分钟，在一个岩壁上，就会看到那个干尸洞，也称万人坑。洞口离地两米左右，看上去很不起眼。我个子矮，需要费点劲爬上去才能看得见洞内。洞深大约几十米，堆着些无头干尸。由于札达地区气候干燥，常年难得下雨，尸体至今都没有完全腐败掉，还有些尸骨啊什么的残骸，满地都是，散发出一种难闻的怪味，仍有一种腥风血雨的气息，穿透几百年的历史和冤气扑面而来。很吓人。

我每次走进古格，明明就我一个人，但我总感觉有什么东西与我擦肩而过。似乎它们就在此地游荡，从未曾离开。我不敢回头，但也并没有特别害怕。

只是人行走在这种地方，最好有一种敬畏心。我只在我的小说里经历过古格的夜晚，满天的星星，黑夜里魅影般飘荡的经幡，一身正气的藏地警察陪在我身边……但，那不过是我在小说里虚构的情节，那个“我”也不是我，这一切都不是真的。

不要问我为什么一次又一次跑这么远的地方来，我也说不出原因，只知道它对我来说充满魅力，时刻都在吸引着我，我相信这块土地一定有着某种磁场，它只对某些人有吸引力，而对另外一些人，它会拒绝。

其实，我来得不算多的。

那天马庆林告诉我，他遇到过一个从内地来的游客，说是第 18 次到古格了。他问他为什么会跑 18 次。那个人也说不出个所以然，说只是听从内心的召唤，想来就来了。于是，便来了一次又一次，已经来了 18 次还没有罢休，说以后还会再来。

那天的马庆林特别激动。他说，这对他来说是一种莫大的激励，他就希望外面的人来这里，一趟一趟地、不计其数的人进来，只要有更多的人喜欢这里，不断地进来，他就看到了希望，看到了商机，看到了可以帮老百姓脱贫致富的大好机会。

穹窿银城

为了改善当地老百姓的生活，马庆林在札达任职的那6年里，前前后后想尽了一切办法，也抓住了一切可以去抓住的机会。

不说别的，就说去往穹窿银城的那条路和曲龙村。要不是我亲身经历，说了你可能都不太敢相信。

穹窿银城，又称琼隆银城，位于海拔4400米高的卡尔东山顶，面积10余万平方米，藏语为琼隆威卡尔。琼是大鹏鸟之意，隆即地方，也就是大鹏鸟居住的地方。威的本意是银子，这里引申为银色，卡尔是城堡的意思。简而言之，琼隆威卡尔，即大鹏鸟居住的银城。可以这么说，古象雄文明是古代藏族文明真正的根源。

2017年11月，我和两个朋友一起从拉萨驾车到札达。当时我一心想去传说中的穹窿遗址，但是，那时的路还没有修好，到过穹窿银城的人屈指可数。而我们的车又在路上出了故障，不能再开了。冬天的札达几乎没什么人，更

别说租到车了。那两个朋友在札达又有点事，我不想去麻烦他们，于是就自己想办法。但我真的想不出有什么好的办法。在这种地方，没有车，就等于失去了双腿，失去一切行动的可能性。

实在没办法，我就到路上去拦私家车。但一听说我要去穹窿遗址，每个人都瞪大了眼睛，像撞见了鬼似的看着我。他们一定以为我脑子进水，好端端跑去那边干什么。因为对他们来说，那地儿实在太偏了，路不好走先不说，靠近卡尔东山那条路上连个加油站都没有，手机信号也基本没有，万一车子在半路上有个啥情况，求救的电话都打不通，回不回得来都是个问题。有几个司机干脆把头摇得像拨浪鼓，他们竟然连穹窿银城这个名字都没听说过。

那时的我，在心里很是纳闷，穹窿到底有多远，它不就是在札达县境内吗，还能有多远。虽然，并没有多少人去过，但总还是有人去过的吧，为什么别人可以去，我就去不成呢？倔劲上来了，我偏就要去看一看。

后来，我拦到了一辆警察的车。开车的警察叫嘉央，居然也从没到过穹窿，但他知道穹窿的大概位置。也是我运气好。他答应送我过去。那天他正好休息。

从札达出发到门士乡那段路还不错，但，一过门士乡，往右拐进去之后，路就开始不好了。过了古如江寺，再往

卡尔东山方向走，那段路简直就不应该叫路了。拐弯入口处连个路牌都没有。好在是个当地警察在开车，要不然还真不放心。他凭着直觉往右，再往右，然后，驶入一个山谷。

我永远都忘不了那条面目狰狞的路，左面是山，右面是象泉河水，有些地方路塌了，一半的路面被水淹没，一半露在水面上。路面崎岖不平，坑坑洼洼，还有从山坡上滚下来的石头。有些石头太大了，挡在路中央，我们不得不停下来，下车去搬走它们，才把车开过去。车速已经慢得像蜗牛，但仍在往死里颠，感觉所有的肠子都要被抖出来了。

一路上，嘉央几次安慰我，说：没事的，路虽然差了一点，但应该就是这一条吧，至少方向是不会错的。

我估计他也是心里没底，不然要这么一遍又一遍地安慰我干什么。

然后，我们就到了一座小村庄，大概十几户人家，静悄悄的，全是破烂的土房子。有几栋已经快塌了，微微倾斜着，这应该是危房了，但里面还是住着人。没有村名。后来才知道，这里就是曲龙村。

跑了一天实在饿了，找到一家小面馆，点了两碗牛肉面。店里就一个 30 多岁的藏族女人。她说的话我一句都听不懂，当然，她也听不懂我的话。好在嘉央是藏族人，他

们之间可以交流。

我知道他在向她问路，问关于穹窿银城的一切问题。那个藏族女人看看嘉央，又转过头看看我，表情里全是疑问。也不知她在想什么。

吃面的时候，嘉央告诉我，穹窿银城就在前面不远，但往前面去的路好像更不好走，外面进来的人一般都不容易找得到。那个藏族女人说，她会去叫个人过来，带我们一起进去。

面刚下肚，门外来了一位脸膛晒得油亮黝黑的藏族男人，大概40多岁的样子，他就那样憨厚墩实地堵在门口，并没有想要进来的意思。阳光从他身后涌进来，照亮他的灰青色藏袍和大半个脑袋，盘在头发上的那根红绳子的流苏在阳光下微微闪动着，特别耀眼。他的身体就这样斜斜地侧靠在门框上，双手藏在衣袖里，衣服有些破旧了，袖口处磨得油光发亮，估计好久都没下水洗了。他就那样直愣愣地看着我们。我们也看着他。他有一对深邃的眼窝和荒野一样的表情，仿佛刚刚从某个原始部落里跑出来，就像看见天外来客那样，死盯住我们看，也不说话。

藏族女人从厨房里走出来，用手指了指我和嘉央，对那个男人叽里呱啦地说了几句。男人才微笑了一下，朝我们点了点头。

嘉央吞下最后一口面汤，说：我们走吧。

就是这个藏族男人，他带着我们去了穹窿。嘉央请他上车的时候，我闻到了他衣服上有一股刺鼻浓郁的酥油和肉的味道。一路上，他们都在说着我听不懂的藏语。说到激昂处，那男人会突然发出一声尖叫，然后再接着往下说。每次他突然尖叫的时候，我会忍不住回过头去看他一下，有点像电影里看到的土著，也会时常发出那么一种尖叫，穿透荒野。

由他带着我们，很快就找到了目的地。但，那条路真的是烂透了。现在想来还心有余悸。而当我置身穹窿银城遗址的时候，所有的辛苦、疑虑和疲累一扫而光，我彻底被震撼到了，仿佛一脚踏进了另一个完全陌生的神奇的世界。

那次回来后，我以穹窿银城为背景写了一本书，书名叫《逃往经幡》，人物、故事和细节当然都是我虚构的，但书里所有的地址却都是真实的。

书还在出版社等待付印，我却机缘巧合，又在这个7月再次来到穹窿银城。我完全被惊呆了！这条令人心悸可以把人颠到丧心病狂的烂路，居然全程都修好了！尤其是经过古如江寺往卡尔东山方向去的那条路，竟然完全避开山谷，另辟蹊径，在卡尔东山上重新修建了一条盘山公路，不用再往山谷深处去走了。在高处开车的视线又开阔了许多，一路都是绝美的高原风景，令人心旷神怡。

更令人惊讶的是，曲龙村竟然也彻底变了新貌，原来破破烂烂的土房子全都没有了，变成了井然有序的新房。如此巨大的变化，前后也就相隔一年半。

后来有人告诉我，札达县的农村几乎都变了新面貌。这几年的札达能有天翻地覆的变化，当然跟马庆林有关。地方领导的一个决策，有时候完全可以改变一方老百姓的

生活和命运。

而马庆林却轻描淡写地说，他只是第一时间抓住了机会，利用了国家给的好政策。要是你不去积极抓住，快速执行，也就可能永远错失良机，而只要你在适当的时刻抓住了并且落实了，就有可能为这个地方成就千秋大业。

路通了，穹窿银城从谜一样的传说和人们心中的遥不可及，变成了油门一踩即可轻松抵达的现场。更多的人可以轻易进入穹窿遗址，去了解象雄古国和西藏文化的源头。

说起神秘、遥远的象雄古国，我们很多人并不了解这段历史，甚至不知道它的存在。千万年的风沙穿过长长的古丝绸之路，将 7 世纪之前的这段历史完全尘封于这片雪域高原之上，然而，作为西藏文化起源的古象雄文明，依然在历史的长河中闪耀着古老的光辉。

古象雄文化，是印度佛教传入以前的西藏先期文化。它的痕迹贯穿于西藏的方方面面，从生产到生活，从民俗到信仰，处处都可见象雄文化的影子。

比如藏族同胞的婚丧嫁娶、天文历算、医学文学、歌舞绘画、出行选宅、择选吉日、驱灾除邪、卜算占卦等习俗，仍沿袭着原始苯教的传统。再比如，他们的转神山、拜神湖、撒风马旗、悬挂五彩经幡、在石头上刻经文、打卦、供奉朵玛盘、雕酥油花、使用转经筒、放置玛尼堆等信仰活动，

也都是传承了雍仲苯教的遗俗。而有些则稍做更改，比如苯教的玛尼石上刻的是光明八字真言：嗡嘛智牟耶萨林德，现在刻的却是六字真言，或称六字大明咒：嗡嘛呢呗咪吽。

由于苯教文明产生的年代久远，传播地域广阔，对藏族文化的形成和发展都有着极其深远的影响。在富饶灿烂的藏族文化遗产中，辉煌的古象雄文明以雍仲苯教的传播为主线而得到发展。

而迄今为止，依然有很多人根本就不知道古象雄文明的存在，甚至，连许多西藏人自己都不了解。他们只认为

印度文化对西藏文化的形成有着巨大的影响，认为所有来自印度的文化都具有伟大的价值，认定西藏本土宗教以及印度文明以外的东西对西藏文化的形成，都没有什么贡献和价值。并且，还错误地认为，在印度佛教传入西藏之前，西藏根本就没有自己的语言和文字，而且非常愚昧、落后等等。这些荒谬的说法，竟然被宣扬了好几个世纪，导致了西藏真实历史和本土文化的日渐遗失，也限制了学者们对古象雄文明和苯教研究的兴趣。

然而，真理可能会迟到，但它终究会到来，哪怕蒙尘千万年。

考古学家探索发现，藏族同胞在青藏高原上的发祥史非常悠久而古老，距今已经有13000年至17000年的历史。如此久远的藏族文化，它的起源就是西藏最古老的苯教。

有专家说，若要真正地去了解西藏文明，必须先了解象雄文明；若要从真正意义上去研究藏传佛教，也必须先从研究雍仲苯教开始。

今天我们看到的穹窿遗址，即最为著名的古象雄遗迹，是古象雄王国上、中、下三门的上门所在地，也是古象雄18王国的城堡之首象雄银城遗址。

据记载，苯教创始人大觉者辛饶弥沃佛诞生于公元前五六世纪。在《万部论》上也有记载：大觉者辛饶弥沃佛，

骑着大鹏鸟到世间去传法，第一个降在象雄地方……故而有苯教要早于象雄之说，那时候的象雄国王，也被称为是象雄苯教王。

据汉文和藏文典籍记载，古象雄王国在7世纪前已经达到鼎盛。在《藏族人中史考略》一文中亦有记载，根据军队比例，象雄人口应不低于一千万，后来，吐蕃逐渐在西藏高原崛起，直到公元8世纪，彻底征服象雄古国。此后，象雄文化也便随之消失。现在，雍仲苯教的文献被视作西藏最为本土和最为古老的佛教文献，也被专家们称为象雄密码。

《吐蕃王统世系明鉴》有记载：自聂赤赞普至墀杰脱赞之间凡26代，均以雍仲苯教护持国政。当时的古象雄文字，主要用于苯教经书典籍的书写。

《西藏王统记》典籍中记载：象雄人辛饶弥沃佛祖对过去原始苯教进行了许多变革，创建雍仲苯教，被称为西藏最古老的古象雄佛法。在创建雍仲苯教之前，辛饶弥沃佛祖首先创造了象雄文字，并传授了五明学科：工巧明（工艺学）、声论学（语言学）、医学、外明学（天文学）、和内明学（佛学）。古象雄文明就以雍仲苯教的传播为主线而逐渐发展起来。

《记忆啊嘎贡堆》中记载：世界中心为冈底斯，冈底

斯的西面有沃布四门，也叫象雄卡玉。从前大觉者辛饶和他的儿子追赶魔的途中，在穹窿银城受到了象雄人隆重的供奉和礼节，大觉者辛饶欣喜万分，把四门五库的经书发佳愿放在该城，穹窿银城亦被命名为大觉者乐城。

《雍仲密乘集传》记载：苯教大师占巴南喀是出生于马年马月十日，其母怀胎九个月零十天。还记载，琼隆银城宫内，与根都桑布（法身佛）和占巴南喀大师，被许多苯教的成就者簇拥着。占巴南喀大师走入琼隆银城之西的北雍仲山的密室，密室是大师的修行地……

这些珍贵的文献和资料都还保存着。也由此可见，穹窿是苯教修行地中最为著名和最有福报的圣地。

既然穹窿已被证实是当时修行地中最为著名最有福报的圣地，那么，几千年后的今天，留给后人的穹窿遗址，也将成为人们心向往之的旅游胜地。到此地来探索、考察或寻根的人，也一定会越来越多。何况，现在的路又修好了，相信会有更多的人源源不断地涌进来。

现在问题来了，只要某个地方被命名为旅游胜地，从商业角度来讲，它就是一块肥肉。肥肉的下场是要被众人争抢的。

目前代表古象雄文明的穹窿银城遗址，是在和噶尔县交界的札达县曲龙村边上。但噶尔县的老百姓却认为，穹

窿银城应该在他们门士乡那边，认为札达县的那个是假的。札达的老百姓当然不服。为此，两个县的百姓经常有争论。

而在阿里唯的一座苯教寺庙古如江寺，也称古如甲木寺，就坐落在象雄琼钦崩巴山麓。从噶尔县的狮泉河出发，路过卡尔东遗址，去往穹窿银城遗址的路上，就能经过古如江寺。穹窿遗址和古如江寺离得不远，但前者归属札达县，后者却归属于噶尔县的门士乡。

2019 年 7 月 15 日那天，我再次从狮泉河出发去穹窿遗址。一路上，司机丹巴师傅都在向我介绍关于穹窿的历史。他小时候就在噶尔县的门士乡长大。他无比肯定地告诉我，穹窿银城遗址不是札达县曲龙村的那个，而是在噶尔县门士乡境内的卡尔东山顶上，那儿还保存着一座古老的金字塔建筑。如果我不信，他可以带我上山去看那座金字塔……

丹巴师傅果然把油门踩得轰轰响，由一位小僧人带路，硬是把我送到了山顶。那一段全是沙土的山上本没有路，车子顺着路辙往上冲，直冲到一个平坦的地儿，视野瞬间变得开阔，眼前果然出现了一座金字塔模样的建筑。

丹巴师傅说，这座金字塔没有上万年也有几千年了，你看它多么古老。

金字塔左面是涌汹而过的象泉河，右边是黑河。刚刚还是烈日暴晒，忽然之间却暴雨如豆，天上乌云笼罩，地

上河水奔腾。

我淋着雨，从金字塔的侧边转过去，其实是一堵残破的土墙——这是不是古象雄时期遗留下来的一堵城墙呢？

丹巴师傅和那位小僧人立即纠正我，说：绝对不是，这里就是穹窿银城。

丹巴师傅为了证实这里就是穹窿，还举出很多佐证和实例，但他终究对汉语的掌握不是十分到位，况且也不是专家，说到关键处他就出现表达困难，搜寻不到合适的词语，

我只能听个一知半解。

为了进一步证明，也为了让我更多地去了解穹窿的历史，他把我带到了古如江寺。我说我去过那座寺庙。

丹巴师傅说：寺庙你去过，但那里的堪布你没见过，我带你去见见他，他会向你证实穹窿银城到底在哪边。

古如江寺的住持次成平措接待了我们。

为了便于交流，丹巴师傅请了个会说汉语的藏族小伙过来替我们翻译，但那藏族小伙是土生土长的噶尔县门士乡人，住持次成平措的老家却在那曲地区。他说的那曲藏语小伙子听不太懂。没办法，只好再换人翻译。正好寺庙里有位年轻的喇嘛叫祖备，也是从那曲过来的，而且汉语说得也不错。就在这间平时为信徒们加持、消灾、解惑的小屋子里，我们席地而坐，聊了大概一个半小时。

在这一个半小时的时间里，我满耳朵灌满次成平措的声音，他说话的声调很响，又很急，眼神中流露出特别想要说服对方的迫切。祖备在向我翻译的时候，次成平措时不时打断他，又迫切地加进一些证据和细节。总之，是从各种论证和地貌及挖掘出来的遗物等等，来证明穹窿应该在噶尔县这边的卡尔东山上。

我说：卡尔东山就这么一座，也许在古象雄王国时期札达县那边的遗址和噶尔县这边的遗址本就连成一片的，

是现代人把卡尔东山分了界，分成了两个县。我的意思是，它们本就是一体的……

不是！次成平措立即打断我，并斩钉截铁地告诉我：穹窿就在我们这边！

我明明坐在寺庙里和一位德高望重的修行者在聊天，却奇怪地感觉自己像是坐在某个乡村的晒谷场上，听着某个心有积冤的人在倾诉、争执。当然，这个比喻也不太恰当，但当时的我真有这种感觉。

我曾听一位信佛的姐姐说，只要是穿上僧袍的人，我们都不可以对他们有丝毫怠慢，要有恭敬心……当然，对于一位真正的修行僧，我们都应该有恭敬心，去尊重。但是，一个人受不受人敬重，值不值得人去恭敬他，跟穿不穿上僧袍似乎并没有多大关系，何况现在满大街都是假修行的人。我当时就在心里想，一座寺庙的住持，出家修行了几十年，又是一位饱读经书的堪布，他这么急切又焦虑地想要让天下人知道，穹窿遗址并不在札达县而在他们噶尔县，这是干吗呢？

本来这两座遗址就在同一座卡尔东山上，相距不远，千万年前估计就是连成一片的，而千万年之后的今天，却被分成了两个县，交界处又恰好在穹窿遗址。那么，穹窿到底归属于哪个县管辖，对于穹窿本身的存在和历史其实

是毫无意义的。唯一影响到的，可能就是对两个县的旅游业造成不同程度的变化。如果百姓们去争夺这分利益也就罢了。但身为一位传道说法、普度众生的修行者，也要这么急功近利地去争、去向世人一遍又一遍地解释，硬把自己的一张脸急得通红，天天处于愤怒焦虑当中，这又何必呢？安心修行不就可以了吗？

我和马庆林说起此事。问他抛开利益不说，个人认为哪边才是真正的穹窿。他哈一笑，说：穹窿在哪边还不都一样吗，两座遗址挨得这么近，油门一踩的事儿，我们只要把路修好，把服务工作搞上去，游客在噶尔县看完风景跑我们札达来，或者在札达看完风景再跑噶尔县去，没啥区别，都一样的啊。

一个抓经济、搞发展、以百姓脱贫致富为目标的县委书记如此豁达，让我心中无限感慨。

所以我想，修行并不在于出不出家，和穿不穿上僧袍关系也不大。在红尘中、生意场、官场上，任何一处所在，你都可以修行。只要你心中有正气、有大义，总会修出大德大爱、大慈大悲。

皮央·东嘎

几年前，我到过一次皮央和东嘎遗址，那时候还没对外开放，鲜为人知，但路牌上已经有这两个地名。循着路牌找进去，先到的东嘎村，遗址就在边上，可以随便看，但壁画在山洞里，重门深锁，需要找到开锁的人。

这座村子没几个人，不知是去放牧了，还是去了别的什么地方了。好在司机是藏族人，他帮我到处去找村民。

终于问到一个藏族女人，她带着我们找到另一户人家，趴在窗口大声喊了几下，出来一位老人。感觉那位老人的耳朵有点背。他们都听不懂我说话，幸好有司机在。问明来由之后，那个老人转身去屋里找了好半天，才找出来一长串的钥匙，带我们上山。

那个藏族女人不知什么时候已经走了。

这个管钥匙的老人是东嘎村村主任吗？我问司机。

司机说：不是。

是保管员？

也不是。

那为什么壁画的钥匙会在他手里？

他们轮流放的。谁出门了、没空了，就把钥匙交给在家的人保管，并没有专人保管钥匙。如果他有事，也会把钥匙交给别人。

感觉这个村子里的人，就像一个大家庭。后来到了皮央村也是如此。

这两座遗址分别位于东嘎村和皮央村，由于两座村庄距离非常近，故被命名为皮央·东嘎遗址。

遗址的规模很大，由东嘎扎西曲林寺遗址和皮央石窟群组成，分为石窟遗迹、石窟壁画、佛寺与建筑遗迹、佛塔遗迹、出土及采集遗物、墓葬、居住遗址、岩画等。

皮央·东嘎遗址，在1992年被人发现，但具体在哪个年代创建已无从考证。有关文献记载也极少，只有一本流传到印度的藏文手抄本《古格普兰王国文》，其中记载皮央寺始建于古格王国建国初期的10世纪，为仁钦桑波当时所建的古格八大佛寺之一，70年之后又有一次规模较大的改建。

另有藏文文献提及东嘎在益西沃时代的10世纪建寺，约12世纪前后由于古格王国国内的分裂斗争，一度成为与都城札不让对峙的另一个王室的所在地。后来，古格王国恢复了统一，东嘎彻底丧失了王宫的地位，但，仍然是古格的

政治及文化要地。

皮央和东嘎遗址存留的石窟总数近千座，包括礼佛窟、禅窟、僧房窟、仓库窟、厨房窟等各种类型的石窟。礼佛窟内绘有壁画，内容有佛、菩萨、飞天、比丘、供养人像、佛教故事、礼佛图、说法图、密宗曼荼罗、各类动植物等。

虽然路途遥远，但还是值得一看。相信现在去，一定又大不一样了。那两座原始的破旧的村子一定也变了。

如果有机会，真想再去看一看。现在的札达路都修通了，条条大道通罗马，只要有时间、有心情，想去就可以去，心情一下子好了很多。想起以前曾经走过的那些危险的路，再想想现在的畅通无阻、一马平川，心里就莫名地感动。

霞义沟

身为县委书记的马庆林，深知最大的慈悲和爱就是为他的百姓们谋得幸福。札达得天独厚的资源就是自然景观，必须把旅游方面的文章做足。自然景观是造物主赐予札达的礼物，但是，路要是不通畅，那么景色再美、再奇特，也将变成绝世容颜留深山、藏在深闺人不识的状态。

要将札达得天独厚的自然景观更好地向世人展示，为外来的游客提供更多的服务，同时也为百姓造福，马庆林认为，把每一条通往景点的路修通修好，是第一要务。

但，修路也不能乱修，搞不好就是浪费。况且札达自己又没有钱，所有的资金都得靠国家财政补给，得有个周全可行的方案才行。

在捡垃圾的那些日子里，他一直在思考；捡完垃圾，还是在思考。渐渐地，他终于有了一个满意的方案。

他想，走进阿里的旅游者，除了会去普兰县的神山、圣湖，一般都会到札达。札达不仅有旅游资源，更是西藏

原始苯教和象雄文明的发源地，被称为阿里的文化中心。他想干脆打通一条旅游环线：从门士乡进入—穹窿遗址—达巴遗址—札达县城—托林寺—古格遗址—香孜古堡—霞义沟，最后到皮央·东嘎遗址。如果能把这条大环线打通，不仅给游客提供了方便，也会改善百姓的交通条件，因为在这条大环线上，住着札达县70%的老百姓；而且，这条大环线就在边境上，从战备的意义上来说，也是意义重大。

但光想没用，要付诸行动。

那年4月，有上级领导来札达视察工作，马庆林连夜赶写了一份报告托人递过去，但领导看完没啥反应，估计还是认为札达地处偏远，人口少，海拔又高，施工难度较大，要全程修造这条环线的话，需要耗费的资金数量太大。

马庆林没有争辩，静等领导到来。该如何汇报，他已经打好腹稿。就在领导要过来的前一天，下了一场雪，从门市乡进入穹窿的那条路被雪封住了。看样子领导来了也进不去，只能换路线走，马庆林急得赶紧命人抢出一条道来，硬是按原计划、原路线把领导的车往这条大环线上引。

第二天领导来视察的时候，马庆林早早地在霞义沟路口候着。

一下车，他就把领导带入霞义沟。忽然，领导一路小

跑起来，他完全被眼前的景色震惊到了，沉浸在意想不到的大美之中，一边跑一边大声告诉马庆林：这条路得修，这条路太值得修了，这么好的风景应该要让更多的人进来看到，让全世界都看到，不然，太可惜了！

跟在领导后面的马庆林，热泪盈眶。他松了一口气，总算可以放开手脚大干一场了。

三个月后，报告通过，大环线开工。到今天，已经全线建成。马庆林终于把曾经的难以抵达，变成了如今的轻而易举。

霞义沟海拔5000多米，属于札达县香孜乡辖区。几年前我曾慕名而至。由于地处边境，没有卫星导航，出发前只能找熟悉路况的人开车，不然会迷路。从札达县城出发到霞义沟，需要开车三个多小时，大概60千米的土路，一小半的路会在河谷里开。原先的霞义沟里没有路，需要沿河道前行。好在我去的时候是干涸期，没什么水，幸好还是开四驱的越野车去的，不然说不定会遇到什么样的危险。

只记得那时的霞义沟，地理位置过于偏僻，交通极为不便，因此人迹罕至，就连阿里本地人也很少有机会到此一览芳华。

而现在的霞义沟已被列为札达土林国家地质公园的精品景点。进入沟里，仿佛置身于宇宙洪荒之中，映入眼帘的是怪石嶙峋，犹如千军万马，又如另一个有声有色的大千世界，让你不得不感叹大自然造化之鬼斧神工。置身于此，仿佛有一种气场，你不由得就会变得热血沸腾起来。

作为旅行者的我们，一再感动、惊叹，是因为看到了大自然无与伦比的大美；而马庆林的感动，却是为了他的百姓和他的初心。

想起鲁米的一句诗：

当你寻找宝石，你就是宝石；

当你渴望面包，你就是面包。

你就是你寻找的……

马庆林一直都在为百姓寻找出路，也在为自己寻找出路。无论是精神出路，还是生活出路，不狠下心来告别自私，则无法抵达。或许，当你哪天学会放下自己，也便可以抵达了。

张黎明
和他的疆域日土

边将张黎明

如果你手上正好有一张中国地图，那么，我来告诉你，在中国地图的“鸡屁股”部位，有个小红点，那儿就是传说中的中印边境日土县。张黎明就在那个“小红点”上担任日土县的县委书记。

如果说，那块远在天边的土地充满神秘的色彩，那么，跑去日土县当县委书记的张黎明，也同样让我感到好奇。他和他管辖的那片疆域，对我来说都是一个未解之谜。

7月中旬的一天下午，我去日土见他。当然，我此行并不是为了去揭开这个谜底的，而是去见一见谜本身。我知道，在这个世界上有着许许多多谜一样的人和事，永远都不可能被解开，他们只是一种存在。

我从狮泉河出发，一路风光无限，两个多小时后，车子到达班公湖边。张黎明已在湖边等我。他说先带我去看看班公湖，然后再去他家吃饭。

这是我第一次见到张黎明。温文尔雅，谦恭内敛，却

又不卑不亢，与人交谈时的语调也总是和风细雨，让人感觉如沐春风。如果我不是预先知道他的身份，我会把他当成一个亲和力极强的邻家哥哥来看待。哪怕他比你年轻，或者年轻好多，但他也会给你一种兄长般的体贴与照顾。在他身上仿佛具备着一种与生俱来的妥帖和安全感。

停在班公湖边的游轮马上就要开动了，他带我上船。游船上的有些人他认识，他和他们自然而然地打着招呼：

“你们也来了，今天带孩子出来玩呢？”

“让孩子先上船，小心，扶好栏杆……”

他和那些人的寒暄始终面带微笑，随意、温暖又贴心，就像遇到了凑巧出来玩的隔壁邻居。

我们在游轮二层的栏杆旁站着。旁边有一张长桌子，桌上有人帮我们放了两瓶矿泉水和一些水果，以为我们会坐下来聊天。但我们谁都没有去坐，也没有谁提议我们去坐，就这样站着，自然而热烈地攀谈起来。

在我们谈天说地的时候，成群结队的海鸥在我们头顶上空盘旋，游船上一直都有人在给它们喂食，一阵接一阵的欢声笑语，还有人在不断拍照。我们站在边上，没有人过来打扰。

张黎明老家在甘肃，1994 年进藏，1997 年开始在日土县工作，1999 年被调到地委组织部，2016 年又重新调回到

在班公湖，采访中

日土县，担任日土县的县委书记，直至今日。和阿里地区其他县的县委书记一样，张黎明也不是援藏干部，而是长期扎根西藏的驻藏干部。他们都是一批回不去的人，他们也从没想过要回去。

“当初为什么会做出这样的选择？”

当我问他这个问题的时候，他坦然地说：“这个问题我已被问过无数回了。自从我进藏以来，就一直有人问我关于选择、关于价值等这些问题。”

“也有媒体和记者来过？”

“没有，我从没接受过任何媒体和记者的采访，可能这儿太远了，我也不喜欢被采访，不知道说什么好，整天

都有很多事。问我这些问题的，都是我的一些朋友、同学和家里人。不过跟他们好好说，都还是可以接受和理解的。尤其我家里人，从一开始的抱怨，到后来的慢慢理解和全力支持，我在心里还是充满感激的。但对于家庭，内心确实有很多愧疚，不是我一个人，几乎所有驻藏干部，在做出这个选择之后，都没有办法去好好照顾家里人。这也是现实。国家、国家，有国才有家，在国家利益面前，家庭和个人的利益真的是微不足道的。我们也算不上什么英雄，但我们都是受国家和百姓重托、肩负使命的人。”

关于选择和使命，张黎明有一个很好的比喻。他说，正如一个人去跳伞，你在准备跳之前，或许可以去思考你跳还是不跳的问题，但一旦你决定跳了，你已经跳下去了，你就不会再去想，我为什么要跳或者不跳的问题，而只会去竭尽全力保持好状态，努力去让自己获得一种平衡，不然，一切都将前功尽弃。

比如现在的我们，都冲到国家边境线上来了，在这里镇守边关和帮助一方百姓脱贫，这么重的担子都落在我们头上，我们哪还有时间和心思去回想当初的选择。摆在我们面前的只有一条任重道远的漫漫长路，我们不会回头，一直都会保持一种向前冲的姿势，直至我们退休。

通过交谈，你会发现张黎明外表谦恭内敛，内心却始

终有一团火苗在燃烧。他同时具备着淡定和坚定这两种品质。对于个人命运，他基本是淡定的。而对于他的事业、理想和追求，却又是踌躇满志、坚定不移的。

在他家墙上有一幅草书作品，内容是毛泽东的《长征》：

红军不怕远征难，万水千山只等闲。
五岭逶迤腾细浪，乌蒙磅礴走泥丸。
金沙水拍云崖暖，大渡桥横铁索寒。
更喜岷山千里雪，三军过后尽开颜。

这幅字是张黎明去延安学习的时候，在路边一家字画店里买的。我们从班公湖回来，坐在他家聊天，这幅字就挂于他身后上方。我想他当初买下这幅字并千里迢迢带到日土挂在墙上，一定是和他的内心有着某种呼应的，不然，他不会单单选中这幅，而不是别的。

张黎明在日土的家小而简朴，但收拾得干干净净，整洁又素雅，各种物件的摆放也都井然有序，虽然小，但很温馨，就如同他本人，自带一种亲和力。因此，你无论坐在他家的哪个角落里，都能够让人舒适又安心，不会感到有丝毫压力。

菜是他同事帮忙做的，知道我们要来，临时去菜场买

了几样蔬菜。都是极其简单的家常菜。做菜的小伙子应该是从四川那边过来的，刚学着做菜。张黎明在吃上面也很简单，基本以清淡的素食为主，不喜欢过于油腻。但他说，在高原有素菜吃已经是件很奢侈、很幸福的事情了，这里的青菜比肉贵。忙起来的时候，他在家吃饭的时间都没有，就在单位食堂里解决。他笑着说，一人吃饱，全家不饿。他日土的家里，反正就他一个人，怎么着都好对付，但在他老家却没那么简单了。

张黎明家里还有 76 岁的父亲和 74 岁的母亲，年纪大了需要有人照顾，但他完全顾不上，只能靠他姐姐和他弟

弟一家去照看。他妻子要工作，儿子从小就住在四川，跟他外公外婆一起过日子。

我们见面那天，他儿子正好填完高考志愿书，考了621分，进一本院校完全没问题。说起他儿子，他满脸都是喜悦和欣慰。他说，他和他儿子相处得很不错。他说的所谓的相处，基本都是通过电话和写信的方式。儿子已经18岁了，但他们父子俩见面的次数屈指可数。自从儿子会认字开始，他就鼓励儿子经常给他写信，哪怕随便写个小条子，或者捡片落叶，无论在上面写什么都可以。他也经常给儿子写信。大概从儿子读初二开始，他们便另外有了个约定，坚持每天晚上通个电话。这个习惯一直持续到今天，从没间断过。因此，他和他儿子的联系可以说是无比密切和频繁的。

他说："也只能通过这种方法了，要不然，怎么办呢，平时又见不上的，有时候忙起来，是连休假的时间都回不去的。"

他儿子都已考上大学了，但他的手机里，还一直保存着儿子在小学五年级时写的一篇文章。他认为写得太棒了。那天，他又翻出来给我看，我读了，果然是活泼泼的文字，充满智慧和思辨。

此刻张黎明的身份是一位父亲，他的内心是柔软的，

是细致入微的，甚至是多情的。他说他心里已没有什么遗憾了，这辈子虽然没能亲自陪在他儿子身边，但是在儿子的成长过程当中，他这个当父亲的角色从未曾缺席过；通过写信、通过电话，他始终在向他儿子传递着一份特别的父爱。

有一天，他儿子在电话里忽然问他，他到底是干什么的，住在什么地方，为什么总是不回家。

那时他的儿子已经在读初中了，对他这个神出鬼没的爸爸和工作的地方充满好奇。一直以来，张黎明只是告诉儿子，他在外地打工，很远，不方便回家。除了每年寄些生活费回去，他自己很少回家。

那次的电话是张黎明第一次把自己工作的地方告诉给儿子。他儿子听完更加奇怪，追着问他为什么要跑那么远的地方去呢，在哪儿工作不好。

你儿子从来都没到过这里吗？我问他。

张黎明静默了几秒钟，说：没来过，他小时候身体不太好，后来又忙于读书复习，也就一直没敢让他来。

原来张黎明的儿子小时候先后做过两次大手术。那两次手术张黎明幸好都可以亲自陪同去医院。动手术的时候，他拉着儿子的手一直到手术室。他觉得自己的陪同，多少给儿子带去了一些力量，自己也尽了点做父亲的责任。现

在的儿子身体已恢复健康，各方面都很优秀，也就没什么遗憾了。说到孩子的独立，他说，也可能是从小就没有父亲在身边，因此，他感觉儿子要比别人家的孩子独立好多。

当然，他说这也可能是由于遗传，因为他自己从小就很独立。他小时候，家里穷，他父母也就没怎么管过他们。每当他遇到困难的时候，他都会想起他父亲和从未见过面的爷爷。他常常听他父亲说起爷爷，说他爷爷当年可是条汉子，一米八五的个子，在 1958 年，就这么活活被饿死了。爷爷饿死那年，他父亲才 13 岁。13 岁的父亲，亲眼看着自己的父亲饿死，然后，忍住悲痛担负起家里所有的责任……张黎明觉得自己和他的儿子，能够活在当下这个

时代，不仅幸运而且也是最幸福的。他对眼前所拥有的这种生活以及这个世界都充满感恩。

而命运将他推到祖国的最前线，虽说是太平年代，但人在边境线上，无时无刻都要保持高度的警惕性。

他身处的地方不仅地理环境特殊，而且面对的百姓也是个特殊的群体。对于国防来说，日土是个极为重要的保护区，也是战略要地。在日土的西面是印度，北面是昆仑山脉，南面是冈底斯山系的余脉。在日土县的中印边境线就有 350 千米。他要全面做好维稳工作，不能有丝毫的疏忽和大意。

对于他这样一个外来的汉族干部，要取得百姓们的信任，也不是件容易的事。他不仅要做好百姓的扶贫工作，还要做好他们的思想工作。就这些事，也是一件大工程。况且在这个特殊的地方，还要做好民族宗教工作。

在偏远蛮荒之地，宗教还束缚着人们的思想。当我们谈论起宗教时，张黎明坦言：宗教教义是劝人向善的，也是要求人们爱国的，这是好的。但问题是，总是会有一些人利用宗教信仰作为幌子去糊弄老百姓，去掌控老百姓的思想和行为，这就有问题了。而问题出来了，我们就得去想办法解决。但是，老百姓的判断力和思辨能力却总是有限的。所以，必须花很多时间和精力去帮老百姓扭转这种

意识形态，这等于在做一件重塑灵魂的大事。

举个例子，阿里的玛旁雍措是被公认的“圣湖”，当地老百姓是不敢去吃圣湖里的鱼的，如果去捕捞，那就被认为是触犯天条，是要遭报应的。但僧人可以，只要他们想吃。又说圣湖里的鱼让女人吃了会怀孕，那么想怀又怀不上的那些女人，自然就会想吃圣湖里的鱼，但老百姓自己是没资格去捕捞的，只有去请寺庙里的僧人帮忙……类似这些奇奇怪怪的规矩，其实都是从僧人们那里传出来的。在所有信徒的心目中，只要是僧人说的话，都是可以相信的，而且是绝对地相信，近乎言听计从。

我在羊卓雍措的一座小寺庙见过一个藏族女子。她的后腰上绑着块大石头，很艰难地在绕着寺庙转圈。那座寺庙的海拔 5000 多米，空手走路都缺氧，她却还要在腰上绑块石头一圈又一圈地走，不知她想干吗。

进寺问僧人，那僧人的汉语不太好，但大概意思还是听明白了。说这是块具有灵性的石头，可以让想怀孕的妇人怀孕，但必须要背着它绕寺庙走多少圈后才可以。当然每个背过石头的妇女都要给寺庙一些供养。你也无从去调查，那些背过石头的女人，后来是否真的都怀上了。我相信天地万物自有它的神秘和通灵之处，但就那块石头往身上绑一下，绕寺庙走几圈即可怀孕，那也太荒谬了。但，

就是有人信。

作为县委书记的张黎明要不断提高他们的思想觉悟，实在是件很不容易的事情。

但他相信，事在人为。他说，祖国大地即是他不变的信仰。他也相信，你对这个社会不负责任，社会也必将对你不负责任；你要是能够尽心尽力去为国为民，必将也会换来应有的好结果。道理就这么简单。在帮助当地百姓提升思想觉悟的过程中，张黎明认为，仅仅站在道德的高度上去和别人谈论道德认知一定是无效的，一个人的道德认知在很多时候，是由外部的环境和制度决定的。如果一个人所处的外部环境和制度都非常糟糕，那么，好人也会变坏人，智者也会变愚蠢。

因此，作为县委书记的张黎明，天天苦口婆心地去做当地百姓的思想工作，发动和鼓励他们的孩子去上学。他认为跟任何人去讲仁义道德和思想品行，首先还是要从教育开始。他希望辛辛苦苦建造起来的学校里，都能够坐满好好学习的孩子。

张黎明说，在这里建造学校、修路、造桥，以及帮助百姓家里造房子，用的几乎全都是国家的钱。他们的地方政府所有的钱几乎都是由国家拨款的。为了创造一个良好的大环境，国家的支持力度很大。但对身处边境的他们来

说，维稳这块的责任更大。张黎明说，每当到了敏感时期，感觉自己就像坐在火山上一样，就害怕突然出事。

一个人在安逸的环境下生活，责任心可能会变得弱一些，而在这种环境和条件下，人的责任心自然会不同。张黎明说，人在这里很容易会变得热血沸腾。所以，对有些工作思路，他必须要一个人静下来，去理顺、理清，才不至于有丝毫差错。

张黎明的书房，同时也是他工作和思考的地方，两面墙的书柜里摆满了各类书籍，除了一些政治书以外，还有哲学方面的，也有文学方面的书，还有一整套“曾国藩”

也很显眼。他说这些书，他几乎都已通读过一遍。

在他的书桌上放了一本翻读了一半的《习近平谈治国理政》第二卷本。书房一尘不染，除了书架，室内只容得下一张书桌和一把椅子。看得出来，平时这里不会有任何客人来，这是独属于他一个人的思想领地。

那天饭后，我去看他的藏书。他陪我一起，我俩就站在他书房里，聊了好一会儿，站了好一会儿。后来，我让他坐在书桌旁那把唯一的椅子上，为他拍了张照片。他背靠着窗，窗外是极强的光线，照片里的他成了一团泥塑般沉思着的浓重的黑影，淡定又沉默。瞬间我感觉，他是一位哪怕内心正在经历兵荒马乱、翻江倒海的大事，而脸上也依然会保持镇静淡定的人。他的内心不仅盛满柔情侠义，也装着山河湖泊，装着星辰大海。

日土

日土县位于西藏西部，阿里西北部，是西藏的边境县之一。城堡坐落在形似枪叉支架的山上。喀喇昆仑山和冈底斯山支脉横穿全境，被称为“世界屋脊”的“屋脊”。日土县的平均海拔4500米左右，最高海拔为6800米。全县面积81046平方千米，约占西藏自治区土地总面积的1/15。人口12673人，是一个以牧业为主，半农半牧的边境县。2019年2月，全县实现脱贫。

日土县的土特产，主要有酥油、羊毛、牛羊绒、裂腹鱼和斜齿裸鲤鱼等。裂腹鱼和斜齿裸鲤鱼主要生长在班公湖里，冷水鱼生长极其缓慢，后来又被列为国家二级保护动物，人们就不能下水捕捞了。日土县的农民主要以种青稞为主，因为其他作物在日土很难生长。

不过日土境内的草场非常辽阔，有7000多万亩，而水域更为广阔，有将近800万亩。张黎明认为这是得天独厚的资源优势，浪费太可惜。为了让当地牧民脱贫致富，张

黎明奔波于牧民与草场之间，挨家挨户去走访调查。他亲自帮牧民们去联系外面的商人来收购，还要和商人讨价还价，俨然是个中介。因此，日土的老百姓暗地里都称他为“羊群里的书记”。

对于这个称号，张黎明欣然接受。他认为一个人必须在其位谋其政，能为百姓尽多少力就应该尽多少力。

以前我总以为，远在天边的这块土地，无论动物还是人，

基本都处于自生自灭的状态，少有人会去治理。

记得 17 年前，我到过日土，那时候真的是天苍苍、野茫茫、满眼都是荒凉。那天在日土班公湖边的一家小餐馆里吃饭，脏到不忍细看。那时的条件有的吃就已经很不错，让我惊讶的是，在餐馆里居然看到有两只红得发亮的番茄。要知道走进阿里以来，我已经十来天没碰任何水果了。当餐馆主人把那只番茄递给我，我双手捧着它，站在天地

之间，我看着手中的那只番茄，实在舍不得吃。终于低下头去，下定决心似的啃了一口，瞬间泪流满面……这是17年前的日土。

17年后的今天，蔬菜瓜果已经满大街都是。尤其最近几年的日土，正在日新月异地变化着。其实，作为旅行者，对某个偏远的地方我们总是会有或多或少的误读，或者，自以为是的一些偏见。那时候的我，还以为日土是无人居住的地方，因为那儿的海拔已完全不适合人类居住。但恰恰相反，不仅现在有人居住，早从石器时代开始，就有人类在此生活。

根据考古发现，日土的古石器类型有砍砸器、刮削器、

尖状器等，以新石器时代种类居多。日土的岩画，在西藏享有盛名，也能说明它在石器时代的辉煌。迄今为止，日土境内仍保留有岩画遗址 48 处、石器遗址 10 处、石丘墓葬 3 处、洞窟壁画 3 处。

据藏史记载，在公元 3 世纪，日土由象雄古国统治。唐贞观十八年（公元 644 年，藏历阳木龙年），松赞干布征服了象雄部落，把日土纳入吐蕃范围之内。

公元 923 年，西藏境内发动平民起义，吐蕃王室的后裔贝科赞被杀，他儿子吉德尼玛衮被迫逃往西边的普兰地区。据说，他得到了普兰头人的礼遇，并娶其女儿为妻，再次被推立为王，创立割据王系。彼时的日土也置于吉德尼玛衮的统治之下。

吉德尼玛衮在晚年，将阿里分割为三大块，分别封给三个儿子，被后人称之为三衮占三围，即阿里三围。其中由他的长子日巴衮管理湖泊围绕之地，就是现在的日土。

公元 966 年，古格王系建立，日土归古格统治。

公元 1630 年，拉达克人攻下古格城堡，杀死了古格王，日土又被拉达克人占领。

公元 1681 年，统治西藏的蒙古汉王达赖汗派兵进军阿里，经过三年交战，终于打败了拉达克人，从而收复失地，统治了包括日土在内的阿里。

公元1686年，噶厦政府在阿里建起噶本政权，日土为阿里噶尔本统治下的一个宗，实行政教合一的封建农牧制度。

在新中国成立前，日土归西藏地方政府所管辖，相当于一个县级行政单位，隶属于噶尔本领导，称为日土宗。

1951年7月，中国人民解放军新疆军区的独立骑兵师一团一营营长贺景福，率领部队抵达日土宗，配合安志明部合力剿歼流窜于日土地区的哈匪武装。直至1956年11月，成立日土宗办事处及其党委。

1959年4月，阿里分工委和军事管制委员会向日土宗派出军事代表及工作组，接管了日土宗政府，并对日土宗本、拉让堪布及部分头人进行集中管训。从此，彻底推翻政教合一的封建农奴制度。日土人民真正摆脱了三大领主的剥削、压迫和奴役，获得解放。

1960年1月，日土县委员会成立，同时日土县人民政府组建。在日土县委的领导下，农牧区开展了民主改革工作，无论在农村、牧区、寺庙，开始反叛乱、反奴役、反封建特权等，清算政治压迫账、等级压迫账、经济剥削账。

1961年3月，正式设立日土县，由新疆维吾尔自治区管辖。

1964年底至1965年初，在日土全县农牧区进行了普

选工作，选举产生了 9 个农牧区的乡级人民政府机构。

1965 年 6 月，召开日土县第一届人民代表大会，选举产生了县人民委员会。

1965 年 7 月，日土县在日土乡发展了第一批 4 名农牧民共产党员，组建了第一个农村党支部，即日土乡党支部。

1966 年 5 月至 1976 年 10 月，是“文化大革命”十年浩劫时期，地处高原的日土县党政组织和人民群众，也未能幸免。

1967 年 3 月，阿里军事管制委员派军政干部与日土驻军一道执行“三支”和“两军”任务，即支农、支工、支

械和军管、军训任务。

1978年，日土县由新疆划归西藏自治区，隶属阿里地区管辖，当时的县人民政府驻扎日土。

1983年10月，日土县政府迁往德汝昆孜……

纵观日土风云变迁的历史，你会惊愕于自己想象力的匮乏。你很难想象在这个人迹稀少的“无人区”，居然也会和世界上的任何一个地方一样，有政治，有争夺，有江湖，有爱恨情仇，也有风花雪月……

我们都误以为这是一块飞鸟绝迹的地方，一块不毛之地，除了荒无人烟，什么都不会有。谁会想到在日土境内，竟然会有那么多的人和事存在着。

现在的日土仍然生存着很多野生动物，主要有熊、大雁、黄鸭、盘羊、黄羊、青羊、野驴、藏羚羊、黑颈鹤、金丝野牦牛等，其中一些珍稀动物已经属于国家级的保护动物。

人工饲养的动物有马、牦牛、犏牛、绵羊、山羊等牲畜，其中山羊最多。张黎明说在日土县白绒山羊是最多的，也是日土县的一大特色，被称为“金色的头羊”，据说日土县的白羊绒是全国品质最好的羊绒，曾先后荣获中国农业博览会金奖和银奖，被称为日土的“软黄金”。

除了动物，截至目前，已知的矿产资源有沙金、铅、铬、铁、硼砂、食盐等。远在天边的日土，就像一块取之不尽、

用之不竭的神奇宝地。

至今，日土仍保留着一种古老的舞蹈，叫谐巴谐玛，它的起源是为了纪念格萨尔王的一位著名大臣，由17对男女相对而舞，男子身着古代服饰，手持古代战刀，为武士打扮，而女子则衣饰华丽，男女相对而舞。

在神奇的日土，还流传着很多很多民间故事和神话传说，如果你对藏民族的文化源头感兴趣，那么，日土便是一座宝库，值得你去深入挖掘，并一去再去。

班公湖

班公湖在藏语里意为长脖子天鹅，位于西藏和克什米尔边境，距离日土县城大约 13 千米。是青藏高原西部最神奇的一座湖泊。

班公湖流域的北面是喀喇昆仑山，也称阿里喀喇昆仑山，南边为冈底斯山的西部。在这两座山系的高山区为班公湖流域区的冰川发育分布区。冰川上限分布的最低海拔为 5800 米左右。湖区的喀喇昆仑山为山的东段，主峰海拔 6800 米。主要山地还有札嘎尔、熊彩岗日、羌臣摩山等，每座山峰的海拔都在 6600 米以上。班公湖区南部的冈底斯山为该山系的西部北坡，最高山峰海拔在 6500 米左右，其北支脉班公山，主峰海拔为 6300 米，山体低于喀喇昆仑山，冰川发育的规模也小。

在班公湖中，有十多个大小不等的岛屿，著名的鸟岛就在其中。由于班公湖地处中国最西部，山高路远，相对闭塞，到访的游人并不多，自然环境仍然保护完好，几乎

处于原始状态。因此，无数栖息在此的鸟儿把这里当成无人打扰的天堂。

如果要去鸟岛，得从班公湖码头出发，坐船过去大概半个多小时。在“世界屋脊”居然还有个鸟岛，这本身就是个奇迹。置身于此，不仅会感受到人与自然的和谐共处，还会感受到冥冥之中的非凡力量。鸟岛上有许多鸟蛋，你低头就会看到，但劝你最好别去捡它们，会遭到鸥鸟妈妈的攻击。当然，除了鸟蛋，岛上还有很多鸟粪，会嗅到一股难闻的臭味，走路时最好多看地面。但众多鸟儿就在你

的头顶上空飞翔，相信你会不由自主地仰头看天空。这种时候你最好戴上帽子和墨镜，因为不小心会有鸟粪从天而降。

班公湖被誉为天堂般的绝美胜地，湖面海拔在4300米左右，总面积604平方千米。湖的东段和西段，约2/3在中国境内，实控面积为413平方千米。另外的191平方千米，也就是西段约占1/3面积在克什米尔境内的拉达克。拉达克目前还属于印控状态。但中国从没放弃过拉达克，从不承认拉达克为印度的属地。

因地处中印两国跨水对峙之地，班公湖经常暗流涌动。虽时有摩擦，但大部分时间还是处于一种和平友好的状态。

目前驻守班公湖的是新疆军区阿里军分区的一个水上中队。他们从 1962 年开始就在这里驻守，是中国驻防海拔最高的舰艇分队。这支特殊的中队，也被人们誉为“山顶上的国门舰队”。

班公湖的神奇之处还在于它的湖水。同一个湖里的水竟然可分为三种水质。湖水自东向西而流，在中国境内为淡水，流入印度的却为苦涩的咸水，而中间部分则为半咸水。这种现象我们无从解释，只能理解为，这是大自然的神奇之处。

听当地的牧民说，他们曾亲眼看见过班公湖里有神龙和湖怪出没，还描述得绘声绘色。虽然这些只不过都是道听途说，但也为班公湖增添了无数的神秘色彩。

班公湖每年结冰期长达 6 个月，可惜我没有在冬天到过日土，不然可以去尝试一下湖上溜冰的感觉。

在班公湖里，盛产一种裂腹鱼。裂腹鱼的卵有剧毒，人误食了会致命，但鱼肉可以吃。这种在冷水湖里的鱼，一般都长得特别缓慢，繁殖能力也极低，差不多十年才长一斤肉。裂腹鱼的身体有点像圆筒，背部有细鳞，两边裸露，在肛门和臀鳍两侧各有一处臀鳞，两处臀鳞之间的腹中看

上去就像有一条裂缝，因而被称为裂腹鱼。

记得第一次到班公湖，是和几个驴友合租了一辆由藏族司机开的越野车。从拉萨出发到日土，经过班公湖边，大家被班公湖绝美而原始的自然风景所震撼，纷纷要求司机停车。

我在湖边的草场上坐了好一会儿。秋天的阳光普照在湖面，波光粼粼，大片的云朵从我头顶飘移而过，成群的海鸥在远处飞翔，身边是微风送过来的一缕缕散发着芳香的青草味。我拍了几张照片，好想就这样懒散地晒着太阳躺在草地上睡上一觉。

驴友在催我回去。上车，大家拿出相机分享各自所拍的美照。正在我们兴致勃勃分享镜头里的美景的时候，车子忽然开始飘移起来。明明在结实的土路上行驶，却感觉整辆车飘向了松动的沙漠。当时，我就坐在副驾座上，侧过身去看那藏族师傅，只见那师傅不断地在眨眼、瞪眼，然后又拼命用手背去揉眼睛。车子又在土路上晃了一小段，终于无力地停下来。

师傅说：我啥都看不见了。

他又晃了晃脑袋，说：我还是看不见，前面一片灰茫茫，没有路了，我看不见所有的东西。

这下可把我们吓坏了。纷纷下车翻找各自的旅行包，

试图能找到一种合适的药给师傅吃，但，除了一些常用药，都不能帮师傅治好眼盲。

有人终于找到一瓶眼药水，说给师傅眼里滴几滴，试试有没有效果。

试了，一点用都没有。

但奇怪的是，我们看师傅的眼睛并没有什么异样，感觉他应该是能够看见我们的，但他就是看不见。

烦躁和焦虑随之而来，师傅开始各种抱怨。他坚决认为，我们刚刚从班公湖过来，一定是受到了湖神的惩罚，但受罚的人却偏偏是他，他又没干什么坏事，湖神怎么就惩罚

起他来了呢？

他想了想说，他看见有人站在湖边解手，这种行为在藏地是绝对不可以的，严重触犯了湖神，所以湖神已经在惩罚我们了。

我们齐刷刷看向那位西安来的小伙子，因为一车人就他一位男的，除了他，没有人会站在湖边去小便。他有点不好意思，红着脸试图解释：当时草地上有女同胞在拍照，到处都是荒无人烟，没有山、没有树、没有任何遮挡物，这里又没有厕所，他就只能悄悄对着湖水解决……这在他老家是最正常不过的事情。

师傅大怒，拍着方向盘破口大骂：你老家那些小湖小河能跟咱这湖比吗？这里可是圣湖，有神灵的！你老家的有吗？

小伙子立即闭嘴，不敢再吭声。

在远天远地的阿里，我们谁也不敢去惹藏族师傅生气，他一不高兴开着车跑了，我们就都没命了。

我想，他可能是连日开车累坏了，便递给他几块巧克力，让他补充些营养。但被他拒绝了。

他负气地说：我不吃你们汉族人的东西，你们那些东西吃了没一点用。

估计是他两眼一抹黑，啥都看不见之后，对谁都不信

任了。

其实我们几个人都会开车，但都不敢开，主要是不熟悉路况。那时候的整个阿里，到处都是烂路，边境线上的日土更加是，也没有导航，手机信号也总是处于时断时续状态，我们连大致的方向都分不清，根本就没法去开车。只能等那藏族师傅的眼疾好起来。在阿里，他不仅是我们的司机，也是我们唯一的向导。

后来，我们好不容易找到湖边的一个黑帐篷，那儿住着一户牧民，完全听不懂汉语，只能靠简单的比画。但师傅说的话，他们基本听得懂，虽然拉萨方言和日土方言有很多不同。他们给师傅做了些糌粑，和着一碗酥油茶让他吃下去。他们一直都在说话，也不知道他们在说些什么。

后来，师傅让我们去帐篷外面堆玛尼堆，还吩咐我们一定不要有什么不好的念头。我们搬来一些石块，蹲在地上堆石头，人在这种地方还能有什么不好的念头呢？我们只祈祷快点让师傅的眼睛好起来，保佑我们一路平安，走完全程。

巧合的是，等我们回到帐篷，师傅的眼睛竟然已经好了。

当我在2019年夏天再次抵达班公湖的时候，它已发生了巨变。有豪华的游轮，有干净的旅馆，还有一路畅通的大马路。不变的是，尽收眼底的清澈的湖水、满天飞翔的

海鸥、湖边丰满肥美的水草、草地上悠然自在的牛群和羊群，以及永恒不变的蓝天白云。

原始的依然保持原始，但却不再满目荒芜，也不再无路可行。

想起那天采访时我们的对话，在这个世界上，总有一些人在寻找美的地方，而有些人，却在让一个地方变美。

听一位藏族朋友说，日土的公路刚修好之后，有个摄影组从北京来到班公湖拍纪录片。北京人听不懂当地人说话，便请他当翻译。拍片的几个人每天都很忙，而他却闲得很，每天就在班公湖边四处闲逛。

有一天，他看到一顶简易的帆布帐篷，它那样孤零零地立在空旷的草地上，周围并没有牦牛，也没有羊群。他凭自己的直觉，认为这不是一顶当地牧民用来放牧用的帐篷。一般牧民不太会使用这种帆布帐篷，而是以黑帐篷为多。闲着也是闲着，他决定去那帐篷里看一看。

帐篷里睡着个小伙子，行李和衣服随便扔着。小伙子的身边有一堆饼干、风干牛肉和一些吃剩下来的零食和肉骨头。还有几箱青稞酒，都是高度的。酒瓶子空了好多。帐篷里弥漫着浑浊的酒和食物混杂的味道。他故意干咳了一声，小伙子很快醒过来，坐起身，两眼空洞又迷茫地看着他，就像看着一个突然出现在他面前的怪物。

小伙子用来当枕头的那本书，是一本大红封面的《西藏生死书》，厚厚的一本。“西藏生死书”这一行字用金色突显出来，非常醒目。

朋友没话找话，故意问小伙子：你在看这本书？

小伙子摇了摇头，没说话，把书收了起来。

朋友便自顾自坐下来，顺手打开一瓶青稞酒，和那小伙子对饮起来。

小伙子来自内蒙古，外形高大、强壮，不太爱说话。

那几天朋友经常过去看他，顺便给他带点吃的过去。一来二去地，便成了好朋友。有一次大醉，小伙子终于说出真相。其实也就一件事，可以用一句话概括：小伙子失恋了。生无可恋的他，行至班公湖边就不想走了，他想死。但还没想好怎么死。

也就在那几天，摄制组想拍几组牧民放牧的镜头，便让朋友去请了个当地的姑娘在班公湖边放牧。那藏族姑娘也不会说汉语，只是打扮得漂漂亮亮的，每天听朋友的吩咐，赶着羊群在草地上走来走去，偶尔被要求唱上几句藏歌，或者回眸一笑。

闲下来的时候，朋友便带那姑娘去看小伙子。小伙子和那藏族姑娘当然也是无话可说的，因为语言不通。

也就是因为语言不通。朋友灵机一动，对小伙子撒了

个谎，说那藏族姑娘很喜欢他，已经爱上他了。小伙子一脸懵懂。他并没有感受到来自姑娘的爱意。但朋友坚定地告诉他，这是真的，是那藏族姑娘亲口告诉他的。小伙子从开始的半信半疑，到后来信以为真。

朋友对藏族姑娘也撒了同样的谎。与那小伙子一样，藏族姑娘也是从开始的半信半疑，到后来信以为真。

而摄制组的人以为是他们的一次户外拍摄，无意中撮合了这对情侣，便把镜头给了那个藏族姑娘，也给了那位小伙子。

听朋友说，他们后来是真的相爱了。拍摄结束前几天，小伙子天天缠着朋友，想要他教他学藏语。而那藏族姑娘也表示，她要开始好好学汉语。

这是发生在班公湖边的一段真实的爱情故事。比传说更像传说，比电影更像电影。

那天我到日土，和朋友在班公湖边见了一面。再次回忆起那件事的时候，他很是感慨。他说他平时从不撒谎的，因为他们藏族人不喜欢撒谎。但他却不知道为什么，却在那个时候撒了这个弥天大谎。

他说摄制组回去后，他也就回到了拉萨。后来再没遇见过那个小伙子和那藏族姑娘，也不知道他们后来怎样了。

但无论后来的后来发生什么变化。至少，发生在班公

湖边的那段奇妙的爱情，已足以唤回那个小伙子对生命的眷恋和热爱，也让那个藏族姑娘收获了爱情。朋友的谎言，变成了班公湖边美丽又永恒的秘密。

这是一块神奇的土地，无数的奥秘充满人间，却不为人知。我相信，就在朋友开口撒谎的瞬间，他即是神的化身。

日土岩画

很遗憾，由于时间关系，几次到日土，都没有好好专门去看一看岩画，只是在青藏线的路上浮光掠影般看一些。本来不打算写这一篇的，但几个朋友为我提供了这些资料，我还是想把它们罗列出来，就当为读者们提供一些线索，以后若有机会再去，也可按着这些记录的文字去追踪寻访。

日土岩画是西藏岩画中最全面，也最具有代表性的。有鲁日朗卡、阿垄沟、下曲龙、那布龙、任姆栋、塔康巴、尔阿、康巴热久、布显、扎龙等，48 处岩画点。

鲁日朗卡的岩画属旷野露天的崖壁岩画，共有 20 组画面，所有岩画图像均用敲琢法完成。造型方式有两种，一是用尖利的工具在岩石上敲琢出若干小凹坑，由这些小凹坑构成线条，用线条勾画图像的轮廓和形态；二是敲琢出密布的小凹坑形成剪影式的图像形态，细部则用线条表现。两种造型方式构成的图像以线条表现的居多，剪影式的图

像略少。鲁日朗卡在日土县日土村向西约 2 千米处，海拔 4300 米。这一带属于班公湖南岸的山前地带，山体基岩多为硅质岩及超镁铁岩，岩画主要分布在山脚岩石的节理面上。

阿垄沟岩画是在日土县日土村的南侧，海拔 4370 米。岩画刻在地表较大的石块上，石块呈不规则状，一般都在岩石朝上的一面凿刻图像，画面面积多在一平方米以上。阿垄沟的岩画也为旷野露天的地面岩石，共有 20 余组画面。岩画的制作方式与鲁日朗卡的岩画基本一致，也是用尖利的工具在石面上进行敲琢，其造型方式亦有用线条和通体敲琢的剪影式两种，以线造型的图像较少。

下曲龙岩画位于日土县下曲龙村西南侧约 500 米处，海拔 4350 米，岩画分布在一表的巨大岩石上。岩画发现地属口沟洪积扇地貌，共有两组画面，均用敲琢法刻成，个别形象较模糊，因两个画面相距 400 米，故分成 A 和 B 两个点位。A 点刻有岩画的大石略呈长方形，石画长 1.7 米，宽 1.3 米。石质坚硬呈深褐色，岩性为硅质岩，表面粗糙。画面由 4 个图案组成，左侧有一长方形图像，其内有垂直相交的对角线，右侧为两个反旋雍仲符号，其上有一较模糊的图像，似为动物。B 点刻岩画的大石头呈现长方形，

石面长 1.6 米，宽 0.9 米，画面共有 9 个图案，表现狩猎场面。中间有骑马猎人手持弩箭。周围的动物有鹿、驴和牦牛等。A 点以敲琢出的麻点构成线条塑造图案，而 B 点则以小麻点组成形象的剪影式轮廓，具有一定的形象概括能力。

那布龙岩画位于日土县班公湖北岸的一条山谷里，海拔 4800 米。山谷两侧的山体基岩为硅质岩，岩画分布在东北侧山脚岩石的节理面上，高出地面 1—8 米。那布龙岩画也为旷野露天的崖壁岩画，共发现有 7 组画面，保存较好，

大部分图像清晰可辨，个别图像因风化较模糊。岩画的制作方式也为敲琢法。构成 7 组画面的单个形象有近 40 个，绝大部分为动物，有牦牛、羊、鹿、驴等，除动物形象之外，还有少数人物以及形体怪异的神灵的形象，人物多为狩猎者与狩猎相关的野生动物群。

任姆栋岩画位于日土县松乡行政所在地东南方向约 1000 米处，海拔 4400 米。岩画发现地属麻嘎藏布东岸的山前地带，新藏公路沿河东岸穿行于河谷之间，在山脚基岩的节理面上发现有数十组岩画。

康巴热久岩画仅发现一组，位于日土县扎普村以东约15千米处的一条山谷中。山谷呈现东西走向，谷宽5千米，岩画分布在山谷北侧的崖壁上，距离地面高出1米左右，海拔4620米。也是属于旷野露天的崖壁岩画，刻在高60多米的峭壁底部，壁面朝南，表面有一层黄褐色的钙质物，岩石为灰色的硅质岩。岩画保存较好，有少数图像因岩石表面钙质层的脱落残缺不全。岩画的制作方法以为凿刻法为主。

布显岩画在日土县扎普村以西约40千米处，海拔4420米。岩画刻在岩石节理面上，距离地面1.5米，也是属于旷野露天的岩画，仅有一组画面。其表现的手法和下曲龙、鲁日朗卡等地的岩画几乎相同。

塔康巴岩画位于日土县乌江村境内，在那布龙岩画地点的东南方向约1.5千米处，海拔4720米。岩画发现地为一条近东西向的山谷，谷地南北两侧山体露有硅质岩，岩画分布在北侧的岩石节理面上，也是旷野露天崖壁的岩画。塔康巴岩画大部分都保存得比较好，仅有少数图像模糊。岩画的内容十分丰富，画面图案的内在联系相对较强，在造型技法和人物表现风格上都颇具特色，而对动物的刻画则显得简略。对人物的刻画表明岩画创造者不仅对不同人

群的特征有所观察，还能够通过主观认识去予以表现，从而使得塔康巴岩画具有浓烈的社会生活色彩。

上述岩画大部分属于早期的石器时代，生动记录了古象雄民族留下来的一些生活场景。这是古代先民们记录在石头上的史书，为后人提供了探古访幽的通道。

当然，除了专门对岩画有研究的调查者之外，对于一个普通旅行者来说，去看那么多岩画是极大的挑战，毕竟路途遥远海拔又高。

如果到了日土，就在日土附近的新藏公路上也可以找到岩画。由这些生动又朴拙的岩画，我们可以略微探知游

牧民族遥远时代的生活场景，他们生活在大自然中，与动物花草为伍，在改造大自然的同时，也在苦苦探索和利用大自然，憧憬着为自己创造美好的生活。

伦珠曲典寺

伦珠曲典寺，位于日土县西部，距离县城12千米，是日土县境内唯一一座寺庙。它创建于公元1600年，距今已有500多年历史，和拉萨的大昭寺、色拉寺一样古老。

今天的县城和县城外的这座寺庙，仿佛时间的两个边境：一边是日渐现代化的城市，另一边是仍在诉说逝去年代的遗址。

这是一座具有传奇色彩的雄伟的寺庙，它铭刻着历史的记忆，藏匿着无数不为人知的故事。只要你靠近它，你就会感受到它的神秘与传奇。它就建造在一座山势高耸、形同卧象的山顶上，亦称扎西曲林寺。

多年前的那个秋天，当我爬上山顶，伫立于风中，情不自禁地想起仓央嘉措的那几句诗：在那东山顶上，升起白白的月亮……当然，在这里升起或者遗留下的，不仅仅是当年的月亮和今天的月亮。

伦珠曲典寺的所在地，也是极负盛名的古时代的日土

宗遗址。遗址规模宏大、历史悠久，在满目的苍凉中，依稀可见昔日的壮丽与辉煌。据说如果没有被历朝历代战争一次又一次的无情摧毁，它完全可以与拉萨的布达拉宫相媲美。而如今的伦珠曲典寺，却显得有点过于冷寂。

也许正因如此，才使这座遗落在先进文明之外的旧世界被保护了下来，固执地通向失去的时间，它和我们所理解的时间正好背道而驰，它不是通向未来，而是通向开始，通向世界的尽头，通向原点。

伦珠曲典寺属于格鲁派，极具代表性的佛是弥勒佛，

也被称为未来佛。佛像的高度有 8 米，大佛的双脚立于莲花上的日月盘里，左右手都呈莲花状，冠顶装饰物主要有金、银、铜、珊瑚、松石、九眼石等珍贵的宝物。

除了弥勒佛外，寺庙的主供佛还有释迦牟尼佛、胜乐护法、强巴佛和宗喀巴三师徒。

伦珠曲典寺的起源和创始人有两种说法。根据《阿里三国》的手册记载，该寺庙的创始人是一位印度僧人，寺庙则由两名僧人共建，一位是来自不丹的僧人，另一位是格鲁派喇嘛元旦加措。而在《西藏历史》一书中，则说伦

珠曲典寺是前藏王朗达玛的三位王系兄弟来到了阿里，他们各自占地，三人分别在普兰创建了科迦寺，在札达创建了托林寺，在日土创建了伦珠曲典寺，因此，便有了阿里三围的这个传说。

但对于一个漫游者来说，哪个说法都不重要，重要的是你拥有了一个可以去想象的依据，或者通道，然后通过你所掌握的蛛丝马迹去靠近万物的起源，去感受和聆听那些没有舌头的事物与时间之外的故事。你看见有一只鹰从你头顶掠过，然后停在一块碎石上，它停了好久，并没有飞翔。但你将它敬为天神。在这块5000多米高的土地上，它不飞，只是站着，也比别的地方的飞鸟要高出无数倍。

虽然经过一劫再劫，如今的伦珠曲典寺里，留下来的文物仍然有很多，有如来佛祖铜像、观世音菩萨铜像、药王菩萨铜像以及十八罗汉铜像等200余尊，以及大量经文。

由于日土历来与拉达克关系甚密，伦珠曲典寺在16世纪初以前，属于竹巴噶举派，后来改成格鲁派。

这里有一个传说。16世纪初的某一天，竹巴噶举派著名的高僧竹巴贡列云游至日土，与此同时，格鲁派的著名大师元旦加措也在日土四处为百姓们传教。两位不同教派的高僧都想争当伦珠曲典寺的主持，通过协商决定，在第二天谁先为寺庙开光加持，谁就成为主持。

格鲁派高僧元旦加措住在日土东部一个叫轨巴的地方，离伦珠曲典寺相对较远，他的随从徒弟们心有担忧，都劝说他立即前往寺庙所在的日土宗城堡，以免耽误第二天为寺庙开光的时间。但元旦加措却置之不理，成竹在胸，仍然宿于轨巴。

次日一早，当竹巴贡列匆匆赶到寺庙，跑到弥勒佛像跟前准备为其开光的时候，发现元旦加措大师已经为弥勒佛开光完毕。清晨的第一缕阳光正好照在弥勒佛的身上，也照在元旦加措大师的身上。

竹巴贡列失去当住持的资格，元旦加措正式成为伦珠曲典寺的第一任住持。

伦珠曲典寺由四殿一康组成：东殿、西殿、日捕丹殿、喀噶殿和拉康机构。那时候，各个殿的教派都不相同，有萨迦派、竹巴噶举派等。自第五世达赖喇嘛阿旺罗桑加措之后，伦珠曲典寺统统改为格鲁派，并成为色拉寺杰巴扎仓的下属寺，由杰巴扎仓选派堪布和司库进行管理。

早期的伦珠曲典寺僧尼众多。每个殿都有自己的百姓为寺庙里的僧尼养牲畜，并每年按照牲畜的数目上交寺庙幼子、毛绒、酥油等产品，部分百姓还帮助寺庙管理农田。在信徒们的心中，寺庙如宫殿，僧尼则是神灵的化身，或者，是一种神和人之间的媒介，是无所不能的存在。

到了“文化大革命”时期，地处高原边陲的日土县，也遭到严重破坏，伦珠曲典寺被毁于一旦。至今仍可见当年寺庙被毁的痕迹。

1989 年，由国家投资，重新修复了伦珠曲典寺的主殿。如今的伦珠曲典寺已是西藏自治区区级文物保护单位。

现在的百姓，都是自愿去供奉或者捐献，不再像旧时代那样必须无偿去为寺庙贡献自己的劳动力。

正如张黎明所说，不同的体制和不同的外在环境不仅能改变一个人的思想，甚至可以改变一代人的意识形态。如今，新的时代已经开始，新的精神文明也已经确立。

编后记

鲍贝的这部书稿来之不易。

书的序言，正是她的创作谈。这是一篇起伏不平的创作谈。说“起伏不平”，是她禁足在家，一边抗疫、一边写作的焦灼。如此焦灼，我们亦曾深刻地体会。电脑的屏幕上，是字与词的搏斗；电脑之外的世界，是人与病毒的抗争。“写作与世界”的关系，未曾如此魔幻地裸露过，如冰似火，刺激着她的神经。深夜如石，内心万箭齐鸣。在一个突然崩塌、破碎的世界里，要把每一个孤零零的原本无生命的方块字组合起来，让它变得有集体的秩序，有个人的情绪，有暖暖的爱，有良知和善良的体温，有水的柔情，有天空的开阔，除了才华，经验，勇气，毅力，似乎还应该有别样的更强更伟的奇力。人与病毒抗争，人亦与传奇共生。写作唯一的确定性，或许就在于它可以记录，或创造一个比真实世界更为真实的世界。

鲍贝说“这是又一本藏地笔记”。从写作者的角度看，

我同意她的这个说法。从出版的角度，我们很多人也许会把它当成一部特殊形式的报告文学。因为报告文学自身的问题，她不一定爱听这个说法。所以，我用了“特殊形式的报告文学”来称之。这倒不是为了缓和出版者和写作者的关系，而是这有它实实在在的理由。说是“报告文学”，是因为这部书的主体，也就是书名的“圣地边将”，是阿里地区四个县的县委书记，是他们四个人的“采访后记”。她当然不是像摄影机一样一一实录的，不是把采访的对象、采访的前前后后按时间顺序串珠子一样串起来。绝无虚构，不过确有小说叙事一般的剪裁和处理，加之以一贯的抒情笔法，她把四位边将的故事说给了我们听（是的，她就是“说”给了我们听）。说是“特殊形式”，是每一章开篇写罢主人公，之后其余的篇目全是这位边将所在县域的风土人情。在风土人情的文字中，几乎没有一笔边将的内容。这些风土人情的描绘，倒没有减少主人公的屹立的伟岸，也许，她是想用这大段大段文字的铺陈，为四位边将的“站位”寻找虽是风景却是特异而圣洁的理由吧。由此，我就想起了山水画的一种程式，云山雾水占去纸幅大部，扁舟一人，似隐又见，他的孤独、散淡，毅然与悠然，让那些山水都有了活的滋味。

她在藏地游走多年，风土人情不过已了然于心，那么多的随笔文字，确是，“声声慢”。她也写过为数不少以

藏地为背景的小说，那些人物，那些故事，“那些与水相生的苍茫，已被孤独者遗忘”。这一次，她把笔触伸展到了藏地边将的肉身和精神的意志，这些和云一样高远，又和湖水一样冷近的人，这些在高原扎根、工作的内地人，这些实实在在干活的共产党的干部。应该说，面对这样一群人，她其实没有太多的经验。她不在体制内，她没有工作，她没有写作的任务，对这一群体制内的人，她唯有陈寅恪之“了解之同情”了。这个“同情”，不是怜悯，是悲悯，是真的已具痛感的“同心共情”。由她的叙写，你真可触摸边将的真实生命，他们的悲欢离合，他们的凌云壮志，他们的困顿、挫折，他们的坦然和坦荡，他们是活生生的一棵一棵的树，他们在高冷的岗位上依然在感悟着、赞颂着、建设着生命和世界的美好。

鲍贝在文字中，有多处提到了自己的“震惊”和“感动”。在过去的随笔中，她从未有过如此的飘移。我相信她是真的被“震惊”和“感动”了。我想，她也一定终于找到了藏地之所以如此美好、自己之所以百转千回为之痴迷的，神奇的密码，和召唤自己内心的一个极为重要的理由。

续小强

2020 年 5 月 21 日初稿，2020 年 5 月 25 日改定

70 后小说家，现居杭州。

国家一级作家，中国作协会员，鲁迅文学院第十一届学员、鲁迅文学院第二十八届青年作家深造班学员。

作品多在《十月》《人民文学》《钟山》《作家》《小说选刊》《中篇小说选刊》等发表、转载，且入选多种年度选本。

著有《去奈斯那》《观我生》《出西藏记》《还俗》《逃往经幡》等二十余部作品。